Cressida Cowell

Drachenzähmen leicht gemacht

Im Auge des Drachensturms

In der Reihe »Drachenzähmen leicht gemacht« von Cressida Cowell
sind im Arena Verlag erschienen:
Band 1 *Drachenzähmen leicht gemacht*
Band 2 *Drachenzähmen leicht gemacht. Wilde Piraten voraus!*
Band 3 *Drachenzähmen leicht gemacht. Strenggeheimes Drachenflüstern*
Band 4 *Drachenzähmen leicht gemacht. Mörderische Drachenflüche*
Band 5 *Drachenzähmen leicht gemacht. Brandgefährliche Feuerspeier*
Band 6 *Drachenzähmen leicht gemacht. Handbuch für echte Helden*
Band 7 *Drachenzähmen leicht gemacht. Im Auge des Drachensturms*

www.drachenzaehmen.de

Hicks der Hartnäckige vom Hauenstein der Dritte
war ein Furcht einflößender Schwertkämpfer, ein Drachenflüsterer und überhaupt der größte Wikingerheld, der jemals lebte. Doch seine Memoiren entführen dich in die Zeit, als er noch ein ganz gewöhnlicher Junge war und sich überhaupt nicht vorstellen konnte, dass aus ihm mal ein Held werden würde.

Cressida Cowell
verbrachte ihre Kindheit in London sowie auf einer unbewohnten Insel an der Schottischen Westküste. Sie war überzeugt, dass es dort nur so vor Drachen wimmelte, und ist seither von ihnen fasziniert. Neben den Aufzeichnungen von Hicks' Memoiren hat sie mehrere Bilderbücher geschrieben und illustriert. Sie lebt mit ihrem Mann und drei Kindern im englischen Hammersmith.

Clara Vath
liebte es schon als Kind, bunten und verrückten Fantasiewesen eine Gestalt zu geben. Dass ihr dabei auch der ein oder andere Drache begegnet ist, kam ihr bei der Arbeit an Hicks' Memoiren sehr gelegen. Seit 2012 arbeitet sie als freie Illustratorin für verschiedene Unternehmen.

Cressida Cowell

Drachenzähmen leicht gemacht

Im Auge des Drachensturms

Aus dem Englischen
von Karlheinz Dürr

Mit Illustrationen
von Clara Vath

Arena

Danke an Judit, Andrea und meine Schwester Emily. UND vor allem an SIMON, Maisie, Clem und Xan.

WARNUNG

Sämtliche Bezüge zu historischen Tatsachen sind natürlich vollkommen zufällig. Sag bloß nicht, man hätte DICH NICHT GEWARNT!

Die Originalausgabe erschien erstmals 2008 unter dem Titel »How to Ride a Dragon's Storm« bei Hodder Children's Books, London.

1. Auflage 2015

Aus dem Englischen von Karlheinz Dürr
Covergestaltung: Veronika Wunderer
Innenillustrationen und Satz: Clara Vath
Gesamtherstellung: Westermann Druck Zwickau GmbH
ISBN 978-3-401-60123-6

www.arena-verlag.de
Mitreden unter forum.arena-verlag.de

Bärbeißer der Gewaltige
Hicks
Norbert die Hohlnuss
Faulzahn, Irrwürgs Assistent
Irrwürg der Mörderische
Kamikazzi (Hicks' beste Freundin)

Sturmfliege
Zahnlos
Rotznase
Fischbein (Hicks' bester Freund)
Berta die Prallbusige
Wikingerdrachen und ihre Merkmale*
Angriff
Geschwindigkeit
Größe
Zähmbarkeit
Furcht- und Kampffaktor
*Jeder Drache wird mit Punkten von 0-10 bewertet.

Amerika
DAS LAND DE
GROßES WESTMEER
Südamerika

LARSCHLANGEN
Insel Wattnbengel
Das Mordsgebirge
BARBARENARCHIPEL

Wir sind VERLOREN!
TODGEWEIHT!
Ich spür's in meinem Finger ...

DER FLUCH VON BÄRKLAUS GROẞMUTTER

Vor langer Zeit hatte ein kleiner Junge einen Traum.

In diesem Traum lief er durch die wunderschöne Wildnis, in der er aufgewachsen war. Er lief und lief immer weiter durch Schnee, der so rein und weiß war, dass man kaum wagte, ihn anzufassen. Doch plötzlich wurden seine Beine so müde, dass er sie fast nicht mehr bewegen konnte. Etwas zog ihn zurück … Aber was?

Dann erwachte er und riss die Augen auf. In Wirklichkeit war er so weit von zu Hause weg, wie man nur sein konnte – eingekerkert in einem dunklen Laderaum auf einem großen Schiff.

Der Junge hieß Bärklau. Er gehörte zu einem Stamm namens Nordwanderer und er war nicht immer ein Sklave gewesen. Nur zwei Wochen war es her, als er noch auf den unendlichen Weiten der wunderbaren Eiswüste gespielt hatte und so frei wie die Eisbären und Seehunde war, die sein Volk mit Speeren und Harpunen jagte, um sich von ihrem Fleisch zu ernähren und mit ihren Fellen zu wärmen.

Bis die Wikinger kamen.

Wie aus dem Nichts waren sie aufgetaucht und hatten die Nordwanderer im Schlaf überfallen, sie gefesselt, auf ihre Wikingerboote gezerrt und aus ihrer Heimat

verschleppt. Seither hatte Bärklau kein einziges Mal etwas Vernünftiges zu essen bekommen. Und was noch schlimmer für einen zappeligen Jungen war, der es gewöhnt war, über weite weiße Felder zu rennen: Er war seither nicht weiter als ein paar Schritte gelaufen.

Bärklaus Vater war mit anderen Männern vom Stamm auf der Jagd gewesen, als die Wikinger zuschlugen, deshalb war er nicht in Gefangenschaft geraten.

»Bitte Vater ...«, flüsterte Bärklau in die Dunkelheit, »bitte rette mich, Vater ...«

»HA!«, krächzte Bärklaus unheilvolle, wütende Großmutter, die ebenfalls angekettet neben ihm lag. »Dein Vater kann dich nicht retten, weil er gar nicht weiß, dass du hier auf einem Schiff bist. Und die Götter müssen uns vergessen haben, sonst hätten sie das hier bestimmt verhindert. Die Wikinger sind elendes Gewürm, jeder einzelne von ihnen«, keifte sie in der Dunkelheit. »Noch nie bin ich einem guten Wikinger über den Weg gelaufen. Das ist ein böses, mörderisches Volk ... Oh, wenn ich nur einen hier hätte, ich würde ihn zu Hackfleisch verarbeiten! Würde ihm die Leber herausreißen und sie roh essen! Würde ich wirklich! Ich verfluche diese Reise und alle, die sich an Bord befinden!«

»Aber WIR sind doch auch an Bord!«, sagte Bärklau. »Wenn du die Reise und das Schiff verfluchst, dann verfluchst du uns doch auch!«

»Widersprich nicht Erwachsenen, die älter und klüger sind als du!«, schrie ihn die Großmutter schrill an (es ist nicht besonders angenehm, neben einer ständig meckernden Großmutter festgekettet zu sein). »Wir sind doch schon verflucht, verloren, todgeweiht! Uns bleibt doch gar nichts anderes mehr übrig als Hass und Flüche ...«

Und so sorgte Bärklaus Großmutter dafür, dass ALLE Nordwanderer andere Leute hassten und verfluchten und ihre Leber roh essen wollten und ihre Wut im Laderaum eines schaukelnden Schiffs in die Dunkelheit hinausbrüllten.

»IHR DA OBEN, PASST BLOß AUF!«, kreischte Bärklaus Großmutter. Wie ein Wolf heulte sie zum Deck hinauf: »WENN AUCH NUR EINER VON EUCH AUSRUTSCHT UND IN DIE LUKE FÄLLT, WERDEN WIR IHN IN STÜCKE REISSEN, DARAUF KÖNNT IHR GIFT NEHMEN!«

Nur Bärklau blieb still und in der Dunkelheit sah niemand die Tränen, die ihm aus den Augen rannen. Und das war auch gut so, denn ein wahrer Nordwanderer hat ein Herz wie ein Eisbär und weint nicht.

Aber in seinen Gedanken wiederholte er immer wieder: »Bitte, Vater, bitte, hilf mir ... bitte, ihr großen Götter, bitte, bitte, helft mir ... irgendjemand ... wer immer mich hören kann ... bitte helft mir ... helft mir ...«

1. EIN ECHTES WIKINGER-WETTSCHWIMMEN

Es war ein kühler Frühlingstag im Barbarenarchipel. Hicks der Hartnäckige vom Hauenstein der Dritte, Erbe und Hoffnung des Stammes der Räuberischen Raufbolde, stand unglücklich am Strand im Westen des Mordsgebirges, mit nichts am Körper außer seinem Helm, seinem Schwert, seiner Weste und einem winzigen Fellbadehöschen.

Das Mordsgebirge war kein Ort, den man unbedingt besuchen sollte, nicht mal bei bestem Wetter. Sein bloßer Anblick jagte Hicks einen Schauer nach dem andern über den Rücken. Hinter dem schmalen Strand ragten hohe, zackige, grausam aussehende Klippen und Felsen senkrecht in schwindelerregende Höhen. Dazwischen hausten irgendwo unglaublich gefährliche Drachen und Krüppelwölfe, ganz abgesehen vom Totschläger-Stamm, den wildesten, brutalsten Wikingern, die es in der gesamten unzivilisierten Welt gab.

Der Totschläger-Stamm erhielt nicht oft Besuch. Was möglicherweise daran lag, dass sie gerne unwillkommene Eindringlinge auf dem Gipfel des Mordsgebirges an die Himmelsdrachen verfütterten. So was wirkt bekanntlich nicht besonders einladend.

Aber manchmal machten sie auch Ausnahmen. Heute

war so ein Tag. Denn ihr Stammeshäuptling Irrwürg der Mörderische hatte es sich in den Kopf gesetzt, so richtig gastfreundlich zu sein, und zwei der anderen Wikingerstämme, nämlich die Räuberischen Raufbolde und die Sumpfdiebe, zu einem kleinen Freundschafts-Schwimmwettkampf auf seine Insel einzuladen.

Es sollte ein richtiger, echter, traditioneller *Wikinger*-Schwimmwettkampf werden und weil die Wikinger immer schon ein bisschen verrückt waren, fanden solche traditionellen Schwimmwettkämpfe immer bewaffnet statt – Schwerter, Kampfbeile, Dolche, solche Sachen eben.

Anscheinend war bisher noch keiner auf die Idee gekommen, dass ein Schwimmer mit solchen Geräten nicht sehr gut im Wasser lag.

Und so hatten sie sich versammelt, die gesamten Stämme der Totschläger, Raufbolde und Sumpfdiebe. Sie hüpften aufgeregt auf dem spitzsteinigen Kieselufer herum und taten so, als würden sie sich in dem eisigen Wind nicht die Hörner abfrieren. Hinter ihnen schallte das unheimliche, hohle Heulen der Krüppelwölfe und das gierige Kreischen der Himmelsdrachen auf sie herab.

Der eisige Wind kam aus dem Osten und ließ eine Gänsehaut über Hicks' nackte Arme und Beine wandern. Er blähte die Mäntel auf, zerrte an den Schwertern und riss den Leuten die Helme von den Köpfen, um sie dann wie klapprige Fußbälle das Ufer hinunterzutreiben. Hicks'

winziger Jagddrache Zahnlos hatte große Probleme mit dem Fliegen, weil er fast weggeblasen wurde.

Zahnlos war ein besonders klein geratenes Exemplar der Gattung Felddrache, mit Augen, die so unschuldig dreinblickten wie große grüne Renekloden.

»Zahnlos w-w-würde heute nicht schwimmen gehen, wenn er d-d-du wäre«, riet er Hicks. »Wasser ga-ga-ganz eklig kalt, Zahnlos schon drin gewest, b-b-beinahe Flügel abgefroren.«

»Ja, danke für den Hinweis, Zahnlos«, sagte Hicks. (Hicks war einer der wenigen Wikinger, die Drachenesisch sprechen konnten, also die Sprache, in der sich die Drachen verständigten.) »Sehr hilfreich. Ich werde es im Hinterkopf behalten.«

Grobian der Rülpser, Klassenlehrer des Seeräuberausbildungsprogramms auf der Insel Wattnbengel, hatte sich bis auf die Fellunterhose ausgezogen und atmete geräuschvoll und genüsslich den eisigen Ostwind ein, als sei er eine liebliche Sommerbrise. »Was für ein wunderbares Schwimmwetter!«, brüllte er begeistert und trommelte sich wie ein rothaariger Orang-Utan mit beiden Fäusten auf die dicht behaarte Brust. »Stellt euch auf und nehmt Haltung an, Jungs, damit ich euch die Wettkampfregeln erklären kann …«

Die zwölf Jungen stellten sich in einer Reihe vor ihrem Lehrer auf. Alle bibberten vor Kälte.

»Also, ihr Bibbersusen!«, brüllte Grobian. »Ein richtiger Wikinger-Schwimmwettkampf ist was ganz anderes als die lächerlichen, armseligen Wettkämpfe, die die Weicheier auf dem Festland austragen. Das hier ist ein HÄRTETEST! Getestet werden eure AUSDAUER, eure KRAFT, euer SELBSTMÖRDERISCHER WAGEMUT …«

»Oh, Mist«, stöhnte Hicks' bester Freund Fischbein, der einzige Junge im Kurs, der bei sämtlichen Wikingeraktivitäten noch schlechter abschnitt als Hicks. Er hatte spaghettidünne Beine – und konnte nicht schwimmen. »Gefällt mir gar nicht, was er da sagt …«

»In einem echten Wikinger-Schwimmwettkampf«, donnerte Grobian weiter, »gewinnt der, der als LETZTER zurückkommt!«

Von der Reihe der bibbernden Jungen war »Aber Kommandant, das kann ja wohl nicht stimmen?« zu hören.

»Weil nämlich dann«, erklärte Rotznase, ein großer Schlägertyp, der sich die muskulösen Arme vollständig mit Skeletten hatte tätowieren lassen, »Hicks der Nutzlose völlig problemlos gewinnen würde. Er ist nämlich *immer* der Letzte.«

Hicks stand gerade auf einem Bein, weil das andere halb erfroren war, und versuchte zu grinsen, fiel aber prompt auf den scharfkantigen Kiesel.

»Aha«, grinste Grobian, dessen Bart vor lauter Eifer knisterte, und legte vielsagend einen Finger an die Nase, der dabei allerdings in ein Nasenloch abrutschte. »Nachdenken, Jungs! Wir gehen hier ins Wasser und schwimmen los, und was dann abgeht, ist eine Mutprobe. Wer schwimmt am weitesten, am längsten, über den tiefsten Ozean – und kommt trotzdem wieder in einem Stück und lebend zurück? Im Lauf der Jahrzehnte haben unzählige Krieger in ihrem Stolz die Strecke zurück unterschätzt und sind deshalb kläglich ersoffen …«

»Jippiii«, stöhnte Fischbein.

»Die gute Nachricht ist aber, dass jeder, der bei einem Schwimmwettkampf absäuft, direkt in die Walhalla aufgenommen wird.« Grobian lächelte so wohlwollend, als hätte er den Jungen gerade einen Eimer voller Gold versprochen.

»Ooohhh!«, seufzten die Jungen hingerissen.

»Durchgeknallt«, stöhnte Fischbein und schwankte dabei im Wind wie ein kleiner, mickriger Baum, der jeden Augenblick abbrechen konnte. »Wir sind die einzig vernünftigen Leute in einem Stamm von hirnamputierten HALBAFFEN.«

»Fragen?«, bellte Grobian.

Hicks' Finger ging in die Höhe. »Nur eine winzig kleine

Frage, Kommandant. Werden wir nicht innerhalb von fünf Minuten erfrieren?«

»Sei kein Weichei!«, röhrte Grobian. »Wenn ihr euch dick mit Blubberflüglerschleim eingeschmiert habt, wird euch schon warm genug bleiben, damit ihr nicht VÖLLIG ABKRATZT ... Das gehört alles mit zum Spiel. Ihr müsst euch immer überlegen: Halte ich es noch so lange aus, dass ich den Wettkampf gewinne, aber NICHT SO LANGE, dass ich erfriere?«

Grobian ging an der Reihe entlang und inspizierte die Jungen, bevor sie mit ihren Gegnern zusammentrafen. »Sehr schick, Rotznase, Kinn hoch, Taubnuss Junior ... Hast du nicht noch was vergessen, Planlos?«

»Ich hab doch mein Schwert, Kommandant?«, sagte Planlos verwundert.

»Dein Schwert schon«, gab Grobian zu, »aber NICHT deine Schwimmfellhose. Zieh sie schnell an, Junge. Ich glaube nicht, dass Thor dich splitterfasernackt in die Walhalla hineinlassen würde. Will ich mir gar nicht erst vorstellen ...«

Er ging weiter an der Reihe entlang, bis er vor Fischbein wie angewurzelt stehen blieb. »WAS«, röhrte Grobian mit furchtbarer Stimme, »WAS in Thors Namen sind DIESE DINGER?«

»Schwimmflügel, Kommandant«, antwortete Fischbein zackig und schaute geradeaus.

»Fischbein kann nämlich nicht schwimmen,

Kommandant«, verteidigte Hicks seinen Freund. »Deshalb haben wir ihm die Schwimmflügel gebastelt. Sie sind aus Schweineblasen. Sonst säuft er ab wie ein Stein.«

»Wie ein Stein«, bekräftigte Fischbein eifrig.

»UM WOTANS WILLEN«, donnerte Grobian, »was wird wohl der Totschläger-Stamm von uns denken, wenn sie DIESE DINGER sehen? Die lachen sich doch tot über uns! Ich leihe dir meinen Umhang, Fischbein, damit du sie darunter verstecken kannst. Hoffen wir, dass es niemandem auffällt. Thor, gib mir Kraft …«

»So – hat jeder seinen Jagddrachen dabei?«, bellte Grobian.

Natürlich hatten die Jungen ihre Jagddrachen mitgebracht. Sie hockten auf dem Sand, die Flügel über die Köpfe geschlagen, um sich gegen Wind und Regen zu schützen.

»Während ihr schwimmt, sollten eure Jagddrachen direkt über euren Köpfen fliegen, dann kann man euch vom Strand aus besser erkennen. Nebenbei können sie euch auch vor Raubtieren warnen – Haie, Feuerquallen, eben Viecher, die da draußen herumschwimmen … Okay – ihr könnt jetzt abtreten und euch bereit machen. In ungefähr fünf Minuten seid ihr am Start, ist das klar?«

Die Jungen trafen ihre letzten Vorbereitungen, wobei sie aufgeregt miteinander plauderten.

»Hallo, ihr Loser«, spottete Rotznase, ein großer,

fieser Junge mit so riesigen Nasenlöchern, dass man eine Salatgurke hätte hineinschieben können (was Zahnlos TATSÄCHLICH mal getan hatte), und den widerlichen ersten Härchen eines Schnurrbarts auf der Oberlippe, die wie eine kleine, haarige Raupe aussahen. »Ich hoffe, die Zimperliese Hicks hat ihren Hündchenkraulstil gut genug trainiert ...«

Dabei schlug er Hicks so kräftig auf den Rücken, dass dieser der Länge nach auf den Strand fiel.

»Harr, harr, harr!«, lachte Stinker der Dussel, Rotznases Kumpel, der nicht weniger fies war als Rotznase. Mit seiner Schwimmbrille sah Stinker eher wie ein Gorilla aus, der sich Donuts auf die Augen gelegt hatte.

»Irre komisch, Rotznase«, antwortete Hicks und spuckte Sand und Kieselsteine aus.

»Ihr beide seid doch normalerweise unschlagbar, wenn es darum geht, als Letzte ans Ziel zu kommen«, schnaubte Rotznase. »Das hier könnte eure einzige Chance sein, endlich mal was zu GEWINNEN. Gebt euch ein bisschen Mühe und schwimmt wenigstens so weit hinaus, dass euch das Wasser über die Knie geht, bevor ihr wie jämmerliches Plankton ans Ufer zurückkriecht! Wir ECHTEN Raufbolde wollen uns nicht mit euch blamieren! Jedenfalls nicht mehr, als unbedingt nötig. Übrigens: hübsche Schwimmflügel, Fischbein ...«

Da nahm Stinker der Dussel den Topf mit schleimig-grünem Blubberflüglerfett, den Fischbein dummerweise noch in der Hand hielt, und goss ihn über Fischbeins Kopf aus. Dann schlenderten er und Rotznase davon, wobei Rotznase vor Lachen die Schenkel zusammenpressen musste. Rotznases Sinn für Humor war ziemlich schlicht.

»Ich hoffe, dass ihn ein Todesschnaufer holt«, murmelte Fischbein düster, nahm die Brille ab und versuchte, mit einer Ecke eines Schwimmflügels das schmierige Zeug von den Gläsern zu wischen. Aber damit verschmierte er das Fett nur noch mehr, sodass er jetzt durch die Brille überhaupt nichts mehr sehen konnte.

»Der würde ihn doch gleich wieder ausspucken«, meinte Hicks sogar noch düsterer, während er versuchte, Sand und Kiesel von sich abzuwischen, was ihm aber nicht gelang, weil er sich vollständig mit Blubberflüglerfett eingeschmiert hatte und das Zeug sehr klebrig war. »Ich wette, er schmeckt grauenhaft.«

PAAAAAA-PAPAPAAA PAA-PAPAPAAAAA!

Ein Musiker vom Totschläger-Stamm blies ins Horn, um die Wettkämpfer zum Start des Wettschwimmens zu rufen …

Glücklicherweise war der männliche Nachwuchs der Raufbolde in solchen Angelegenheiten sehr **mitfühlend** und **verständnisvoll.**

Die Brille war völlig mit **Blubberflüglerfett** verschmiert. Fischbein hätte ebenso gut durch **dicke Erbsensuppe** schauen können.

2. MÖGE DER FETTESTE SIEGEN!

Hicks' Vater und Großvater kamen zum Start, um ihm alles Gute zu wünschen.

Hicks' Vater, Bärbeißer der Gewaltige – ERBEBT BEI SEINEM NAMEN! – war der Häuptling des Stammes der Räuberischen Raufbolde. Er war ein Wikinger wie aus dem Bilderbuch, sechseinhalb Fuß groß, mit einem Bauch so bauchig wie ein Schlachtschiff und einem Bart, der so stachelig aussah wie ein vom Blitz getroffenes Schneestachelschwein. Heute war er ausnahmsweise bester Laune, denn die Freuden des Frühlings waren ihm in sämtliche Knochen gefahren.

»Sagenhafter Tag für ein Wettschwimmen!«, dröhnte Bärbeißer fröhlich.

»Da bin ich nicht so sicher«, schnaufte Alt Faltl, Hicks' Großvater, der einer der Schiedsrichter des Wettkampfs war. Alt Faltl war so faltig, wie sein Name sagte, faltiger als eine Austernschale. Im Lauf seiner neunzig Jahre war sein Rücken vom unerbittlichen Wind, der im Barbarenarchipel herrschte, krumm und schief geblasen worden. Sein weißer Bart war so lang, dass er ihn hinter sich herschleppte, sodass er ständig mit kleinen Muscheln und Seetang verfilzt war.

Alt Faltl hatte vergeblich versucht, Bärbeißer davon abzubringen, beim Wettkampf mitzumachen.

»Ich hab in die Zukunft geblickt und das Omen ist nicht günstig«, flüsterte der Alte.

»UNSINN!«, höhnte Bärbeißer. »Jeder weiß doch, dass du beim In-die-Zukunft-Blicken ein total hoffnungsloser Fall bist, Alt Faltl. Es gibt überhaupt keinen Zweifel, dass ICH das Wettschwimmen gewinne!«, verkündete Bärbeißer, der Bescheidenheit nicht im Programm hatte. »Und von dir, Hicks, erwarte ich, dass DU diesen Rotznase Rotzgesicht besiegst und so weiter ...«

Rotznase Rotzgesicht war Hicks' Vetter. Er war gute eineinhalb Fuß größer als Hicks, unglaublich muskulös, knallhart und Hicks in praktisch allem überlegen. Hicks hatte absolut keine Chance, ihn bei dem Wettschwimmen zu besiegen.

Aber Bärbeißer hatte keinen Sinn für solche Feinheiten. Er schlug seinem Sohn aufmunternd auf die Schulter. »Ich WEISS, dass du es kannst, Sohn!«, rief er begeistert. »Du bist vielleicht klein, aber du bist zäh! Deine Beine mögen vielleicht ein bisschen zu dünn sein, aber du hast den alten Kampfgeist der Hauensteins in deinen kleinen Knorpelknochen! Du musst dir nur immer eins sagen, mein Junge«, verkündete Bärbeißer, packte Hicks an beiden Schultern und schaute ihm in die Augen, »nämlich: NICHT AUFGEBEN! Sag's mir nach!«

»Nicht aufgeben«, sagte Hicks langsam und bibbernd.

»LAUTER!«, bellte Bärbeißer und stieß die geballte Faust in die Luft.

»NICHT AUFGEBEN!«, schrie Hicks und stieß ebenfalls die geballte Faust (na ja, das Fäustchen) in die Luft.

»GENAU! DAS IST DER RICHTIGE KAMPFGEIST!« Bärbeißer strahlte über das ganze behaarte Gesicht. »Ich weiß, dass du mich stolz machen wirst, mein Sohn, also enttäusche mich bloß nicht!« Und nach einem weiteren herzhaften Schlag auf Hicks' Schulter marschierte Bärbeißer davon.

Alt Faltl und Hicks schauten ihm seufzend nach.

»Er hat ein gutes Herz … eigentlich«, murmelte Alt Faltl schließlich. »Nur hört er eben NIE zu.«

»Stimmt«, nickte Hicks betrübt. »Zuhören kann er nicht. Ich hab doch nicht die GERINGSTE CHANCE, Rotznase zu besiegen.«

Alt Faltl betrachtete seinen Enkel nachdenklich mit seinen hellen, rasiermesserscharfen Augen. »Wir werden sehen«, sagte er. »Hör mal zu, Hicks, das ist sehr wichtig. Hast du dein *Tickdings* dabei?«

»Ja«, antwortete Hicks überrascht.

Das Tickdings war ein seltsamer, runder Gegenstand. Die Oberseite bestand aus einer harten Scheibe, die so durchsichtig war wie Eis. Und darunter waren seltsame Runen zu sehen, die in verschiedenen Kreisen angeordnet waren, und dazu mindestens sieben Pfeile in völlig verschiedenen Farben, die so befestigt waren, dass sie sich drehen konnten.

Hicks hatte bereits entdeckt, dass das Tickdings bei

ganz unterschiedlichen Sachen hilfreich sein konnte. Zum Beispiel schien ein Pfeil die Zeit anzuzeigen. Ein anderer wies immer nach Norden, was wirklich sehr nützlich war, wenn man sich verlaufen hatte. Und weil heute sehr wechselhaftes Wetter herrschte und die Gefahr bestand, dass man von dem starken Ostwind vom Kurs abgetrieben wurde, war sich Hicks sicher, dass das Tickdings heute besonders nützlich sein würde. Und wasserdicht war es auch.

Hicks' einzige Sorge war, dass er es VERLIEREN könnte, deshalb hatte er es an eine lange Schnur gebunden und dann in die Wamstasche geschoben.

»Ausgezeichnet!«, sagte Alt Faltl, »gib es mir doch für einen Moment, Hicks.«

Hicks nahm das Tickdings aus der Tasche. Alt Faltl öffnete die Rückseite und fummelte an den winzigen Knöpfen im Innern herum.

»Und jetzt hör mir genau zu, Hicks«, sagte Alt Faltl schließlich. »Es bleibt leider nicht mehr genug Zeit, es dir genau zu erklären, aber du musst UNBEDINGT innerhalb von DREI MONATEN, FÜNF TAGEN und SECHS STUNDEN an den Strand hier zurückkommen. Hast du das verstanden?«

»DREI MONATE, FÜNF TAGE UND SECHS STUNDEN!«, stöhnte Hicks auf. »Was meinst du denn DAMIT? Ich werde es da draußen nicht mal fünfzehn Minuten lang aushalten!«

»Ich hab den Wecker gestellt«, erklärte Alt Faltl und schob das Tickdings wieder in Hicks' Tasche zurück. »Sobald dir nur noch sechs Stunden bleiben, fängt es an, lauter zu ticken. Und wenn der Wecker losgeht ... na ja, dann weißt du wenigstens, dass du zu spät dran bist ... ABER SEI NICHT ZU SPÄT DRAN, Hicks, verstanden? Ich zähle auf dich, Junge ...«

Und damit eilte Alt Faltl zum Tisch der Kampfrichter hinüber. Hicks starrte ihm sprachlos hinterher und brachte nur noch ein »Verrückt wie eine durchgeknallte Miesmuschel« hervor.

Inzwischen hatten sich sämtliche Wettkampfschwimmer an der Startlinie versammelt, die dreißig Fuß von der Wasserlinie entfernt in den Sand gezogen worden war. Alle plapperten aufgeregt miteinander.

Berta die Prallbusige, Häuptling des Stammes der Sumpfdiebe, klatschte ganze Wagenladungen von Blubberflüglerfett auf ihre massiven Arme und ihren gigantischen Busen. Ihre Brüste wogten so freudig im Wind, dass es aussah, als würden sie mit Berta jeden Moment wie zwei prall aufgeblasene Heißluftballons in den Himmel steigen.

Berta hatte eine Stimme wie ein Nebelhorn, die so weit schallte, dass sie noch auf den übernächsten Inseln zu hören war. Gerade erklärte sie allen, die sich im Umkreis von zwei oder drei Meilen aufhielten, wer SIE war, nämlich Berta die UNSINKBARE, die ultimative

Schwimmmeisterin des Archipels, und dass die anderen Wettkampfteilnehmer gleich einpacken könnten.

Währenddessen reichten sich die Totschläger ihre Schwerter, Streitäxte, Speere und Totschlaghämmer von Hand zu Hand weiter. Das sah so gut geplant und wohlüberlegt aus, dass sie Hicks an eine Bande haariger Kannibalen erinnerten, die nur auf ihr Abendessen warteten.

Irrwürg der Mörderische, Häuptling des Totschläger-Stammes, stand ebenfalls an der Startlinie und dehnte und streckte die Arme, an denen ein gewaltiger Bizeps drohend zuckte. Selbst in diesem starken Wind roch er wie ein drei Wochen alter Seehundkadaver – ein stinkender Riese, volle sieben Fuß groß, mit höchst widerlichen blauschwarzen Totenschädel-Tätowierungen auf beiden Wangen.

Irrwürgs grausigste Eigenschaft war, dass er niemals sprach. NIEMALS. Warum, wusste niemand genau. Manche Leute behaupteten, er habe bei einem Ringkampf mit einem Sturmdrachen seine Zunge zurücklassen müssen. Andere glaubten, eine schwere Erkältung habe ihm die Stimme geraubt, als er noch ein Baby war. Was auch immer die Ursache gewesen sein mochte, war also unklar; fest stand nur, dass niemand jemals von ihm mehr als nur ein Grunzen zu hören bekommen hatte. Deshalb hatte er immer seinen Helfershelfer Faulzahn dabei, der neben ihm wie ein widerlicher kleiner Eiterpickel aussah und das Reden für ihn erledigen musste.

Das Hohe Schiedsgericht des Schwimmwettkampfs bestand aus drei Richtern; einer von ihnen war Alt Faltl, Hicks' Großvater. Er war für die Zeitnahme des Wettschwimmens zuständig.

Der Oberrichter, ein traurig aussehender, unglaublich verrunzelter Alter vom Haudraufbolde-Stamm, räusperte sich und verkündete mit zittriger Stimme:

»So höret, ihr Wikinger der Stämme des Archipels! Wer immer als Letzter an dieses Ufer zurückkehret, wird zum SIEGREICHEN LETZTEN erklärt! Das Wettschwimmen beginnt in dem Moment, in dem ich in dieses Horn blase! Nach uralter Tradition muss der Sieger schwören, dass er ›jedweder Hilfe durch Boot oder Floß entsagt hat‹. Als Preis kann der Sieger von den Häuptlingen der beiden anderen Stämme etwas fordern, das er selbst bestimmen kann. Und diese Siegesforderung müssen die anderen Häuptlinge erfüllen! Und so frage ich denn die Häuptlinge aller drei Stämme: Schwört ihr, dass ihr die Forderung des Siegers erfüllen werdet?«

»WIR SCHWÖREN ES!«, schworen Berta die Prallbusige, Bärbeißer der Gewaltige und Irrwürg der Mörderische.

Kamikazzi, die winzige, wirrhaarige Tochter der Prallbusigen Berta, lief zu Hicks hinüber, um ihm viel Glück zu wünschen. Kamikazzi war eine der besten Diebinnen des ganzen Archipels und hatte vor nichts und niemandem Angst.

»Wunderbarer Tag für eine kleine Schwimmtour, meinst du nicht auch?«, fragte sie fröhlich. »Ich kann es kaum erwarten, ins Wasser zu springen!«

Um Kamikazzis Beine wand sich ein wunderschöner Kapriziösdrache namens Sturmfliege. Ein Kapriziösdrache ist, wie der Name schon sagt, ein sehr eigensinniges Geschöpf, ein Chamäleon mit Drachenflügeln, das je nach seiner Laune die Farbe wechselt. Und dieser Kapriziösdrache war etwas ganz Besonderes: Er sprach nicht nur Drachenesisch, sondern auch NORDISCH, also die Sprache der Menschen.

»Oh, hallo, Zahnlos«, hauchte Sturmfliege und klimperte heftig mit ihren wunderschönen langen Wimpern.

Der normalerweise giftgrüne Zahnlos lief knallrot an.

Zahnlos hatte sich schon bei seiner ersten Begegnung mit Sturmfliege aufs Heftigste in sie verknallt. Jetzt fing er sofort an, seine Show abzuziehen: Er schlug Lufträder und blies komplizierte Rauchringe, die aber schiefgingen, sodass er sich fast daran verschluckte.

Während Hicks, Kamikazzi und Fischbein einander Glück wünschten, schlich sich Rotznase von hinten heran und riss Fischbein den Umhang von den Schultern, den ihm Grobian umgehängt hatte, damit niemand Fischbeins Schwimmflügel zu sehen bekam.

»Hoppla!« Rotznase grinste fies. »Wie ungeschickt von mir!«

»HA HA HA HA HA HA HA!«, brüllte die gesamte Versammlung los. Alle deuteten auf Fischbein und bogen sich vor Lachen. »SCHAUT ALLE MAL HER – DER MICKRIGE RAUFBOLD HIER HAT *SCHWIMMFLÜGEL!*«

»Das sind keine Schwimmflügel!«, schrie Hicks, der verzweifelt versuchte, Fischbein aus der Verlegenheit zu helfen. »Es sind Waffen! Aufblasbare Schulterrüstungen! Ganz neuartig und absolut tödlich!«

Bärbeißer der Gewaltige war dunkelrot angelaufen; vor Wut blähte er sich noch weiter auf. Dieser lächerliche fischbeinige Knabe brachte Schimpf und Schande über den ganzen tapferen Stamm der Raufbolde!

»Ist das nicht DEIN SOHN, Bärbeißer, der da neben dem mickrigen Schwächling steht?«, fragte Faulzahn grinsend, wobei er seine prächtigen faulen schwarzen Zähne bleckte.

Hicks bot tatsächlich auch selbst einen ziemlich komischen Anblick. Von Kopf bis Fuß mit Sand und Kieselsteinen bedeckt, erinnerte er sehr deutlich an einen panierten Hering, der nur auf die Pfanne wartete.

Bärbeißer schaffte es nicht, seine bitteren Gedanken zu vertreiben: *Warum muss sich Hicks immer so in Szene setzen? Warum kann er sich nicht mit Jungen anfreunden, die schön gewalttätig und gemein sind? Und warum ist er von Kopf bis Fuß mit Sand bedeckt?* Aber dann verkündete er laut: »Mein Sohn hat recht! Der seltsame kleine Krieger trägt die neueste Version einer aufblasbaren Abwehrrüstung!«

Aber er wurde von den johlenden gegnerischen Stämmen überbrüllt: »RAUFBOLDE BRAUCHEN SCHWIMMFLÜGEL! RAUFBOLDE BRAUCHEN SCHWIMMFLÜGEL!«

Doch dann ertönte zu Bärbeißers unendlicher Erleichterung endlich das Startsignal:

PAA-RAPAPAPPP-PA-RAPPAPAPPP!!!!, plärrte das Horn und das Wettschwimmen konnte beginnen.

Die Wikinger vergaßen, sich über die Raufbolde totzulachen. Jetzt rastete die Menge erst richtig aus, als die Krieger wie eine Horde durchgedrehter, zotteliger Büffel mit wehenden Zöpfen und wabbelnden Bäuchen und Busen ins Wasser stürmte.

»YO-HO EEEH, RAUFBOLDEEE!«

»TOTSCHLÄGER, TOTSCHLÄGER, HOPP, HOPP, HOPP!«

»PLATZ FÜR DIE SUMPFDIEBE!«

Rotznase sprintete durch das Seichtwasser, ließ die prächtigen Muskeln spielen und winkte der tobenden Menge zu, bevor er sich mit einem komplizierten Kopfsprung in die Fluten stürzte und mit einem grausig wirksamen Kraulstil durch die Wellen pflügte.

Bärbeißer gab sich größte Mühe, seine schlechte Laune zu unterdrücken und sich seine Enttäuschung nicht anmerken zu lassen, als er zu Hicks hinüberging und ihn streng ermahnte: »Du bist jetzt ein Krieger in Ausbildung, Hicks, und spielst NICHT mehr im Sand!«

»Hab ich doch gar nicht!«, wehrte sich Hicks. »Ich bin nur voller Sand, weil ich …«

… aber Bärbeißer war bereits wieder davonstolziert.

»Ach du verdammte Wabbelqualle!«, rief Fischbein entnervt. »Durch diese Brille kann ich jetzt REIN GAR NICHTS mehr sehen!«

Das Blubberflüglerfett, das ihm Rotznase über den Kopf geschüttet hatte, hatte sich so sehr auf den Brillengläsern festgesetzt, dass es Fischbein tatsächlich so vorkam, als schaute er durch dicke Erbsensuppe. Der arme Fischbein stolperte vorwärts, aber leider in die ABSOLUT FALSCHE Richtung, nämlich vom Meer weg.

»Warte mal, Fischbein«, sagte Kamikazzi grinsend, »ist das Meer nicht hinter dir?«

»Fischbein!«, zischte Hicks nervös, »merkst du nicht, dass du in die falsche Richtung läufst?«

Die Zuschauer konnten sich nicht mehr entschließen, was mehr Spaß machte – die Wettschwimmer anzufeuern oder sich über die drei schmächtigen Wikingerchen totzulachen, die noch nicht mal mit dem Rennen angefangen hatten.

Fischbein lief immer schneller in die falsche Richtung, die Hände vor sich ausgestreckt, und stöhnte immerzu: »Seh nichts, Seh nichts!«, und Hicks und Kamikazzi rannten ihm nach und schrien: »Umdrehen, Fischbein, umdrehen!«

»HA HA HA HA HA HA!«, röhrte die Menge und bildete eine Gasse, um den armen blinden Fischbein weiter den Strand hinauflaufen zu lassen.

Doch schließlich holte Hicks seinen Freund ein, aber nur, weil dieser über ein ausgestrecktes Bein stolperte, und schaffte es mit Kamikazzis Hilfe, Fischbein umzudrehen und in die richtige Richtung zu lenken.

Die Situation war Fischbein so PEINLICH, dass er geradezu ERLEICHTERT war, als er endlich in das aufgewühlte Wasser stolperte, das so eisig kalt war, dass es ihm fast den Atem aus der Lunge presste.

Hicks wiederum schämte sich so sehr über die höchst peinliche Szene, dass er nicht einmal darauf achtete, was sein Vater und die Prallbusige Berta gerade taten.

Und was sie gerade taten, war Folgendes: Bärbeißer

der Gewaltige, Berta die Prallbusige und Irrwürg der Mörderische waren inzwischen ziemlich lässig ins Meer gestapft. Jeder von den drei Häuptlingen war nämlich absolut überzeugt, dass er gewinnen würde, daher hatten sie es nicht besonders eilig. Bärbeißer vergaß für einen Moment sogar seinen Ärger über seinen missratenen Sohn, weil ihm etwas irrsinnig Komisches eingefallen war.

»Wie wär's, Berta«, flüsterte Bärbeißer und boxte sie freundschaftlich in den massigen Oberarm. »Lass uns Irrwürg eine Lektion erteilen. Egal wer von uns beiden siegt, fordert von ihm, dass er in einer rostigen Badewanne über das Trübe Meer paddeln muss, mit einer rosa Unterhose auf dem Kopf!«

Berta die Prallbusige brüllte vor Lachen, bis ihr die Tränen über die behaarten Wangen rollten. »Bärbeißer, du altes Warzenschwein! Da hast du mal wirklich eine prächtige Idee! Ich bin dabei, abgemacht!«

Gerade als sie die Wasserlinie erreichten und durchs seichte Wasser stapften, grunzte Irrwürg seinem Helfershelfer etwas zu. Faulzahns Augen leuchteten listig auf, dann sagte er verschlagen zu den beiden anderen Häuptlingen: »Irrwürg hat gerade bemerkt, dass ihr tatsächlich immer noch BLUBBERFLÜGLERFETT benutzt! Das Zeug ist doch total von vorgestern, Leute. Hält die Kälte nicht mal halb so gut ab wie das Tefflonische Tieflila Fleischbeißer-Lebertranöl, das Irrwürg benutzt …

Wer das Zeug aufgetragen hat, kann die Kälte glatt vergessen. Hält bis zum nächsten Winter.«

»Bei Thors Zehennägelschnipseln!«, kreischte Berta und starrte entsetzt auf ihren Busen, der unter einer prächtigen grünen Schicht von Blubberflüglerfett wogte. »Und ich dachte, das sei der absolut letzte Schrei!«

Bärbeißer betrachtete voller Bewunderung Irrwürgs tieflila leuchtende Brust und wurde richtig neidisch. Irrwürg sah so warm und zufrieden unter seiner Schicht von Tefflonischem Tieflila Fleischbeißer-Lebertranöl aus, dass tatsächlich Dampfschwaden von seiner tätowierten Brust aufstiegen und vom Wind weggeweht wurden.

»Irrwürg will, dass dieser Wettkampf absolut FAIR verläuft«, fuhr Faulzahn mit einem schleimigem Lächeln fort. »Warum probiert ihr das Zeug nicht aus, damit die Chancen gleich verteilt sind? Wir haben den Topf dahinten stehen lassen … Brauchten wir nicht mehr, eine Anwendung reicht nämlich vollkommen aus.«

»Das ist ja wirklich irre nett von dir, Irrwürg!«, strahlte Bärbeißer. »Aber … warte mal … wir können doch gar nicht mehr zurück, das Wettschwimmen hat doch schon begonnen!«

Faulzahn wischte den Einwand mit einer lässigen Handbewegung beiseite. »Nein, nein«, versicherte er den beiden Häuptlingen fröhlich, »der Wettkampf startet erst in genau dem Moment, in dem ihr zu schwimmen anfangt. Wisst ihr das denn nicht?«

Bärbeißer und Berta sagten im Chor: »Ach so, ja, natürlich«, und nickten weise, als sei ihnen das schon immer klar gewesen. Sie drehten sich um, wateten zum Ufer zurück und entdeckten tatsächlich ein paar Schritte hinter der Wasserlinie den Topf mit dem Lebertranöl …

»Irrwürg, du alter Schwindler!«, rief Bärbeißer verärgert, als er den Topf hochhob. »Von wegen fairer Wettkampf! Schau mal, Berta! Da ist rein gar nichts mehr übrig!«

Das stimmte nicht ganz – tatsächlich war noch ein winzig kleiner Tropfen Öl im Topf, aber der reichte nicht mal für Bärbeißers kleinen Zeh aus.

Und wie sich dann herausstellte, war das nicht Irrwürgs einziger gemeiner Trick gewesen.

Als Bärbeißer wieder aufschaute, bemerkte er, dass die versammelten Stämme der Raufbolde und der Sumpfdiebe ihre beiden Häuptlinge sprachlos und maßlos enttäuscht anstarrten. Besonders die Raufbolde rauften sich die Haare und rissen sich vor Entsetzen fast die Bärte aus. Und dann tauchte auch schon der Oberrichter vor ihnen auf, der noch bekümmerter aussah als sonst, und schaute sie durch die auf seiner Nasenspitze balancierende Brille an.

»Mein Beileid«, sagte der Oberkampfrichter traurig und kritzelte ihre Namen auf ein Stück Pergament. »IHR BEIDE seid der Erste Mann (und die Erste Frau), die durchs Ziel gegangen sind. Absoluter Rekord. Wie buchstabiert man Berta, mit h oder ohne h?«

Bärbeißer lachte dröhnend und tätschelte dem schmächtigen Oberrichter leutselig den kahlen Kopf. »Nein, mein kleiner Haudraufbold, du hast wohl die Wettkampfregeln nicht genau gelesen. Das Wettschwimmen beginnt erst in dem Moment, in dem man tatsächlich zu *schwimmen* anfängt …«

»Aber *natürlich* habe ich die Wettkampfregeln sehr genau gelesen, Bärbeißer«, antwortete der Oberrichter lässig. »Schließlich bin ich hier der Oberschiedsrichter. Sobald ein Schwimmer aus dem Wasser kommt, ist das Wettschwimmen für ihn zu Ende.«

»Aber … aber … aber … natürlich gehen wir doch SOFORT wieder ins Wasser zurück!«, stotterte Berta die Prallbusige entsetzt.

»Nein, tut ihr nicht!«, versicherte ihr der Chefrichter. »Was ich sage, gilt. Ihr seid als Erste zurückgekommen. Basta!«

Bärbeißer und Berta sahen aus, als würden sie gleich explodieren.

»Alt Faltl!«, stieß Bärbeißer keuchend hervor, »sag's ihm! Tu doch was! Es kann doch nicht sein, dass wir das Wettschwimmen VERLOREN haben!«

Alt Faltl warf einen Blick auf die zwanzig Sanduhren, die vor ihm auf dem Tisch standen. »Ich fürchte doch«, sagte er bekümmert. »Und zwar in genau drei Minuten und zweiundzwanzig Sekunden. Ihr habt den absoluten Negativrekord des traditionellen Wettschwimmens aufgestellt.«

»Aber ich bin die Rekordhalterin des Archipel-Schwimmwettkampfs!«, brüllte Berta die Prallbusige und schüttelte drohend die Faust. »Ich bin Berta die Unsinkbare!«

»UND IRRWÜRG DER MÖRDERISCHE HAT BEHAUPTET, DAS WÄRE IN ORDNUNG!«, brüllte Bärbeißer, außer sich vor Wut. Aber trotz allem Gebrüll dämmerte es den beiden Häuptlingen (die nun nicht gerade die hellsten Häuptlinge des Archipels waren), dass sie von Irrwürg hereingelegt und gnadenlos ausgetrickst worden waren.

Noch vor zwei Minuten waren Bärbeißer und Berta voller Stolz auf den Strand marschiert, aufgebläht wie ein fetter Hahn und eine fette Henne, in der absoluten Gewissheit, dass sie das Wettschwimmen gewinnen würden.

Und nun sanken sie in den Sand und Stolz und

Siegesgewissheit wichen aus ihnen wie die Luft aus großen, dick aufgeblähten Ballons. Bertas prächtiger Busen sackte in sich zusammen und Bärbeißers mächtige Muskeln wurden schlaff.

»Dieser verrottete, verlauste, stinkende Schurke!«, stieß Bärbeißer durch zusammengebissene Zähne hervor und vergrub das Gesicht in den Händen. »Er hat uns hereingelegt und aus dem Wettkampf geworfen!«

3. IST ROTZNASE NICHT EIN TOLLER KUMPEL?

Hicks, Fischbein und Kamikazzi konnten natürlich nicht sehen, was hinter ihnen am Ufer passierte.

Sie hatten nämlich selbst genug Probleme am Hals.

Hicks war so schnell losgeschwommen, wie er nur konnte, aber die peinliche Szene mit Fischbein am Strand ging ihm immer noch durch den Kopf.

»Warte doch!«, keuchte Fischbein, der in seinem ungeschickten Hundekraulstil hinter den beiden anderen herpaddelte. »Es ist echt schwer, mit diesen blöden Flügeln zu schwimmen! Wir müssen wirklich nicht sooo weit raus. Wir sind schließlich keine Krieger, wir machen ja nur zum Spaß mit ... Na ja, wenn man unter Spaß versteht, sich in haiwurmverseuchten Gewässern die Hörner abzufrieren ...«

Auch Hicks fiel das Schwimmen schwer. Kaum hatte er den Boden unter den Füßen verloren, stellte er auch schon fest, dass ihn das Gewicht von Helm und Schwert praktisch auf der Stelle absaufen ließ. Nur indem er wie wild in das Wasser trat, konnte er das Kinn knapp über die Oberfläche heben. Aber nur, bis die nächste Welle kam.

Selbst Kamikazzi hatte erkannt, dass das Schwimmen mit den Waffen ihre volle Konzentration erforderte. Weil sie ihr Schwert und ihre Dolchsammlung rechts trug, wurde sie immer wieder in diese Richtung gezogen. Wenn sie nicht genau aufpasste, würde sie nur im Kreis schwimmen.

»GROßER THOR!«, stöhnte Hicks. »Wie soll ich denn einen Typen wie Rotznase besiegen, wenn wir wie Meerschnecken schwimmen?«

Sie waren so beschäftigt damit, ihre Nasen über Wasser zu halten, dass sie Rotznase Rotzgesicht und Stinker den Dussel überhaupt nicht bemerkten, obwohl die beiden direkt hinter ihnen herschwammen. (Wie abgelenkt sie waren, beweist die Tatsache, dass Stinker ungefähr so laut wie ein Nilpferd in der Badewanne durch das Wasser planschte.)

Den letzten Satz der Unterhaltung bekamen die beiden Schlägertypen jedenfalls mit, woraufhin Rotznase einen solchen Lachanfall bekam, dass er beinahe ertrunken wäre. »Du sagst es, Hicks, du Nullnummer!«, schrie er. »Einer von *euch dreien* will mich schlagen? So was Komisches hab ich ja noch nie gehört!«

»Har, har, har«, grunzte Stinker, wobei Wasser aus seinen Nasenlöchern kam.

»Hast du nicht mitgekriegt, Hicks«, fuhr Rotznase fort, »dass sich die Zuschauer am Strand fast über euch totgelacht haben? Ihr Typen seid eine Schande für den Stamm!«

Rotznases Augen leuchteten vor Mordlust. Schnell

warf er einen Blick über die Schulter, um sich zu vergewissern, dass sie niemand beobachtete. »Hicks, dir werde ich jetzt eine ganz private Lektion erteilen, wie man ein Wikingerheld wird. Und dir, Fischbein, zeige ich, wie man lernt, ohne Schwimmflügel zu schwimmen.«

»Nein!«, kreischte Fischbein entsetzt und versuchte, von Rotznase wegzuschwimmen. Aber natürlich hatte er keine Chance. Rotznase und Stinker waren große, starke Halbwüchsige, die grade mal zwei lässige Schwimmstöße brauchten, um Fischbein wieder einzuholen, und dabei noch im Vorbeischwimmen Hicks und Kamikazzi unter Wasser drückten. Rotznase ließ Fischbeins rechten Schwimmflügel mit dem Messer platzen und Stinker zog ihm den linken vom Arm.

»So, Hicks«, schnurrte Rotznase zufrieden, »ich denke mal, du allein würdest vielleicht zum Ufer zurückschwimmen können, aber wenn du versuchst, Fischbein zu retten, werdet ihr alle beide Fischfutter. Na – was willst du jetzt tun? Ich hätte da einen Vorschlag: Lass die Blödblindkröte einfach absaufen! Aber das musst du natürlich selber entscheiden.«

Und damit schwammen die beiden Idioten lachend davon.

Hicks war gerade wieder aufgetaucht und schnappte nach Luft. Dann schwamm er zum armen Fischbein hinüber, der bereits am Ertrinken war. Mithilfe von Zahnlos, Sturmfliege und Fischbeins eigenem Jagddrachen

Horrorkuh schaffte er es, Fischbein wieder umzudrehen und seinen Kopf über die Wasseroberfläche zu heben. Leider schlug Fischbein in seiner Todesangst so wild um sich, dass er Hicks beinahe wieder mit sich in die Tiefe gezogen hätte.

»KEIN GRUND ZUR PANIK!«, schrie Hicks. »ENTSPANN DICH!«

»ENTSPANNEN?«, kreischte Fischbein. »ICH? WIE DENN? ICH ERTRINKE! ERTRINKEN IST DAS GEGENTEIL VON ENTSPANNEN!«

Aber wenigstens hörte er auf, sich zu wehren, und zwang sich, ganz schlaff zu werden, sodass er an der Oberfläche trieb wie ein Stück Treibholz. Hicks und Kamikazzi hielten ihn an den Oberarmen.

»Okay«, sagte Hicks mit seiner besten Ich-bin-ganz-ruhig-obwohl-ich-fast-durchdrehe-Stimme, »ich denke mal, wir haben jetzt ein kleines Problem …«

Von einem Wellenberg aus konnte Hicks kurz das Ufer sehen und es kam ihm plötzlich sehr weit entfernt vor. Er war keineswegs sicher, dass er es schaffen würde, mit Fischbein zum Ufer zurückzuschwimmen, selbst wenn ihm Kamikazzi dabei half.

Genau das ist nämlich das Problem mit einem ECHTEN Wikinger-Schwimmwettkampf: Es geht dabei nicht nur um Ausdauer, sondern auch darum, die eigene Kraft richtig einzuschätzen. Man musste aufpassen, dass man noch genug für den Rückweg hatte.

»Am besten, wir bringen Fischbein ans Ufer zurück«, sagte Hicks so lässig wie möglich, gerade so, als wollte er nur mal schnell den Müll vors Haus bringen.

»Lust auf 'ne Karotte?«, fragte Horrorkuh lächelnd. Sie hatte bemerkt, dass es eine kleine Krise gab, und schwebte mütterlich besorgt über den drei Schwimmern. »Karotten geben euch Kraft fürs Schwimmen …«

»Im Moment nicht, danke, Horrorkuh«, sagte Hicks. So gelassen wie möglich fügte er hinzu: »Aber vielleicht hättest du Lust, mal schnell zum Ufer zu fliegen und den

Leuten klarzumachen, dass sie uns einen Rettungsdrachen schicken sollen …?«

»Wird erledigt«, antwortete Horrorkuh fröhlich und schwang sich in den Wind. »Immer schön weiterstrampeln, Leute.«

»Weiterstrampeln. Weiterstrampeln. Weiterstrampeln.« Während der folgenden halben Stunde hörte Hicks irgendwann auf zu zählen, wie oft er das Wort schon gesagt hatte.

Und dann passierte etwas Seltsames. Je mehr sie in Richtung Ufer weiterstrampelten, desto WEITER schienen sie sich vom Ufer zu entfernen. Während der kleinen Begegnung mit Rotznase und Stinker waren sie offenbar in die Flutströmung geraten, die sie nun immer weiter auf das Meer hinauszog.

Bald konnten sie das freundliche Gebrüll der anderen Wikinger nicht mehr hören. Sie hörten nur noch das eigene Plätschern im Wasser. Mutterseelenallein trieben sie auf den Ozean hinaus. Auf einen eisig kalten Ozean, der sich für unendlich viele Meilen vor ihnen erstreckte.

»Ich werde langsam müde«, verkündete Kamikazzi, die NIE müde wurde.

Es ist nicht ganz einfach, sich vorzustellen, dass ihre Lage noch schlimmer werden konnte.

Aber das ist, wie jeder weiß, der Hicks' Abenteuer schon mal gelesen hat, oftmals ein Zeichen dafür, dass die Lage jetzt ERST RICHTIG SCHLIMM wurde.

Plötzlich schoss Zahnlos, der nach Makrelen tauchte, direkt neben Hicks' Ohr kreischend aus dem Wasser.

»Was ist los, Zahnlos?«, keuchte Hicks, als der kleine Drache über ihm schwebte.

»D-d-da ist was Schlimmes!«, stotterte Zahnlos und schraubte sich mit zitternden Flügeln ein paar Meter höher in die Luft. »Was Schlimmes da unten im W-w-wasser!«

»Was Schlimmes? Was meinst du damit?«, fragte Hicks entsetzt und verschluckte sich fast an der nächsten Welle.

»Z-z-zahnlos weiß nicht«, jammerte der kleine Drache. »Eben ga-ga-ganz schlimm. Etwas Sch-sch-schwarzes ... Zahnlos konnte nicht genau s-s-sehen ...«

»Was ist los?«, keuchte Fischbein bibbernd. »Was sagt er?«

»Ach, nichts«, log Hicks beiläufig. »Du kennst doch Zahnlos, er erschrickt immer so leicht … Weiterstrampeln, weiterstrampeln …«, flüsterte er Fischbein zu und schaute sich um, »aber nur ganz *leise und leicht* …«

»Warum ganz leise und leicht?«, quiekte Fischbein entsetzt. Panische Angst packte ihn, sodass er wieder tiefer sank. »Da ist was, stimmt's? Was ist es? TODESKRAKEN? HAIWÜRMER? TERRORKUDAS???«

»Nichts ist da«, flüsterte Hicks beruhigend. »Konzentrier dich einfach aufs Weiterstrampeln, Fischbein …«

Doch plötzlich stieß Kamikazzi einen gellenden Schrei aus.

»AAAAGHHH!!!«

Ein paar Sekunden lang schlug sie wie wild um sich, dann wurde sie von einer unsichtbaren Kraft unter Wasser gezogen.

»Kamikazzi!«, schrie Hicks außer sich vor Angst, während er versuchte, Fischbein über Wasser zu halten, gleichzeitig aber den Kopf untertauchte, um zu sehen, was in der Tiefe geschah. »Kamikazzi!«, prustete er verzweifelt, als er wieder auftauchte. »Kamikazzi!!!«

Aber sie war verschwunden.

4. Eine ganz, ganz schlimme Lage

»Oh Großer Thor! Oh Großer Thor!«, stöhnte Hicks verzweifelt und blickte sich in panischer Angst um. Aber von Kamikazzi war nichts mehr zu sehen.

Ringsum hing Nebel über dem Meer und unter ihnen – ja, unter ihnen konnte so ziemlich ALLES lauern. Todeskraken, die ihr Opfer mit ihren langen Tentakeln tief ins Wasser zogen und ihnen dort das Blut aussaugten. Haiwürmer, deren mindestens einen Fuß lange Reißzähne selbst durch den härtesten Wikingerschädel drangen, als sei er aus Butter. Manchmal gaben sie sich auch einfach mit einem Snack im Vorbeischwimmen zufrieden, etwa mit den strampelnden Beinen eines Schwimmers, der verzweifelt versuchte, den Kopf über Wasser zu halten.

»Wo ist sie? Wo ist sie? Wo ist sie?«, schrie Fischbein immer wieder, als ob Hicks eine Antwort parat hätte.

Eine grausame Minute schlich dahin.

Und dann stieß Fischbein einen Schrei aus, wurde aus Hicks' Griff gerissen und unter Wasser gezogen.

»Fischbein!«, brüllte Hicks verzweifelt.

Hicks war allein. Allein in einem kalten, grauen, grausamen Ozean.

Noch nie hatten sich seine strampelnden Beine so ungeschützt und angreifbar angefühlt.

Es gab absolut nichts, was er tun konnte. Er konnte

nicht fliehen und er konnte nicht wegfliegen (obwohl Zahnlos einen heldenhaften Versuch unternahm, ihn am Kragen seines Fellwamses aus dem Wasser zu ziehen).

Und dann spürte er ein leichtes Knabbern an seinen Fußknöcheln …

Hicks schrie und versuchte ungeschickt, sich mit wilden Schwimmbewegungen in Sicherheit zu bringen.

Aber das war natürlich völlig sinnlos. Was immer es war, packte nun sein Bein und zog ihn in die Tiefe.

Hicks hatte gerade noch Zeit, sich mit einem letzten großen Atemzug die Lungen zu füllen, bevor er schnell hinuntergezogen wurde. Das Wasser ging von Grün in Grau und schließlich in Schwarz über.

Das war's dann …, dachte Hicks, als er immer weiter in die Schwärze gezogen wurde. So ist es also, wenn man stirbt …

Gerade als er überzeugt war, dass seine Lungen beim nächsten Herzschlag platzen würden, wurde er wieder nach oben gerissen. Das Wasser ging von Schwarz in Grau, dann in Grün und schließlich in weiß schäumende Gischt über, bevor Hicks aus dem Meer gezogen und in den Himmel hinaufgeworfen wurde.

Er hing mit dem Kopf nach unten in den Klauen eines riesigen Drachen, der eine Spannweite von mindestens zwanzig Fuß hatte.

Und überall um ihn herum schoss ein ganzes Rudel von Kreaturen wie Pfeile aus dem Meer in die Höhe.

Der Drache, der Hicks in den Klauen hielt, flog so dicht über den Wellen, dass Hicks' Fingerspitzen durch die Wellenkämme pflügten. Der Drache schwang ihn wie eine Makrele auf und ab und hin und her und schleuderte ihn schließlich weit durch die Luft, sodass sich Hicks mehrmals überschlug und dann wie ein Stein ins Wasser platschte …

… oder geplatscht wäre, wenn nicht ein anderer Drache im Sturzflug herabgefegt wäre und ihn im allerletzten Augenblick aufgefangen hätte.

Keine Frage, die Drachen spielten Luftball mit ihm.

Aus dem Augenwinkel sah Hicks, dass Fischbein und Kamikazzi von den anderen Drachen des Rudels ebenfalls wie Spielbälle behandelt wurden. Er schaute nach oben, schließlich war es nicht uninteressant zu erfahren, von welcher Kreatur er gleich gefressen würde.

Es war ein Plattiraptor.

Plattiraptoren sind höchst eigenartige Kreaturen. Eigentlich sehen sie wie ganz normale große Drachen aus, nur eben solche, die gerade von einem Riesenmammut oder einem Seedragonus Giganticus Maximus platt getrampelt wurden. Die Wikinger fangen sie oft und richten sie ab, um sie als Spionagedrachen über feindliche Stämme fliegen zu lassen.

Plattiraptoren können nämlich sehr tief, schnell und absolut geräuschlos fliegen und die Lager und Dörfer anderer Stämme auskundschaften, ohne bemerkt zu werden. Im Nicht-bemerkt-Werden sind sie fast so gut wie Tarnkappendrachen.

Das Rudel umfasste ungefähr fünfzig Tiere und während sie weiter »Ball« spielten, flogen sie immer weiter aufs offene Meer hinaus.

Hicks wunderte sich darüber, denn er wusste, dass Plattiraptoren immer in Landnähe blieben. Obwohl sie hervorragend schwimmen und tauchen konnten, waren sie ganz bestimmt keine Ozeanflieger. WOHIN also, um Thors willen, wurden er und seine Freunde gebracht?, fragte er sich. Die Raptoren flogen immer weiter. Ab und zu, wenn Hicks glaubte, dass ihm gleich die Arme aus den Schultergelenken gerissen würden, wirbelten ihn die Raptoren wieder herum und hielten ihn an den Beinen.

Hicks versuchte, seinen Transportraptor in ein Gespräch zu verwickeln, um zu erfahren, was ihm drohte, aber es blieb bei einem einzigen Versuch. Der Raptor packte ihn nur ein wenig härter und zischte: »Wenn du noch ein einziges Wort sagst, reiße ich dir den Kopf ab.«

Hicks war ein cleverer Junge, deshalb hielt er es für besser, ab sofort den Mund zu halten.

Irgendwann erschien ein dunkler Fleck am Horizont, der immer größer und größer wurde, als sie näher kamen. Zuerst dachte Hicks, es müsse eine Vulkaninsel sein, denn das Gebilde stieß dicken graugrünen Rauch

Der Plattiraptor

Wikingerdrachen und ihre Merkmale

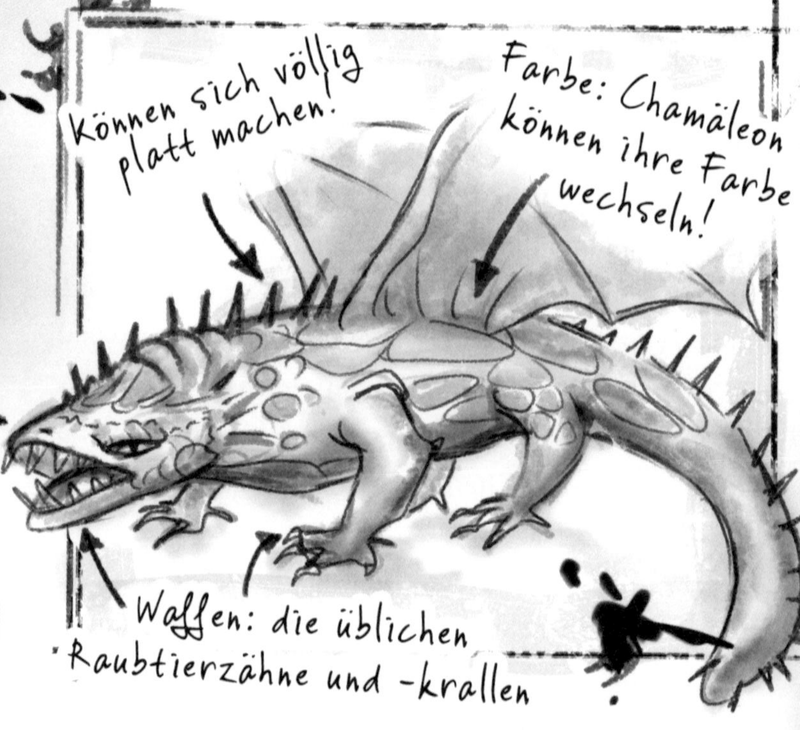

Plattiraptoren leben versteckt in den tiefsten Spalten und Klüften des Mordsgebirges oder in den Schluchten von Thors Donnerkeil. Sie verfügen über eine außergewöhnliche Fähigkeit: Sie können sich völlig platt machen, was bedeutet, dass sie durch erstaunlich schmale Lücken kriechen können. Daher sind sie als Spionagedrachen hervorragend geeignet.

Bewertung nach Punkten 0-10

Ein junger Plattiraptor
quetscht sich unter
einer verschlossenen Tür
hindurch.
→ als Spionagedrachen
hervorragend geeignet!

aus. Aber als sie nahe genug dran waren, sah Hicks, dass es keine Insel war, sondern ein Schiff.

Und was für eins!

Ein solches Schiff hatte Hicks noch nie in seinem Leben gesehen, obwohl er schon viele gesehen hatte: Raufbold-Überfallschiffe, Sumpfdieb-Anschleichschiffe, Römische Drachenklau-Galeeren, Hassschlägersklaven-Karavellen … egal was, Hicks hatte es schon gesehen.

Aber dieses Schiff hier war etwas völlig anderes.

Es war wirklich und wahrhaftig RIESIG. Ungefähr sechsmal so lang und breit wie ein Wikingerlangboot. Es hatte nicht einen, sondern zwei Masten. Und mitten auf dem Achterdeck stand ein riesiges Rohr, das aussah wie ein umgeknickter Schornstein. Und das war es wohl auch, denn es kam Rauch heraus.

Vielleicht war das ein Geisterschiff oder war Hicks irgendwann eingeschlafen und erlebte das alles nur als Albtraum?

Aber die Klauen des Plattiraptors, die Hicks mit eisernem Griff gepackt hielten, fühlten sich überhaupt nicht wie ein Traum an. Der Raptor flog mitten durch den Rauch und umkreiste das Schiff zweimal, bevor er in den Gleitflug überging und dicht über den Bug hinweg zur Landung ansetzte.

O-OH!, dachte Hicks, während ihm der Rauch in die Nase stieg und er sich in einem Hustenanfall krümmte. Über einer freien Stelle auf dem Deck flatterte der

Raptor mit den mächtigen Flügeln und schwebte dann senkrecht auf das Deck herab. *O-OH-O-OOOHHH-AUUU-UAAAHHH …*

Auf dem Deck stand eine ziemlich unangenehm aussehende Barbarenmeute, die zu jubeln anfing, als der Raptor Hicks plötzlich losließ, und sich vor Lachen krümmte, als er auf das Deck plumpste. Dann plumpste es noch zweimal und Hicks wurde klar, dass auch seine Freunde gelandet waren.

Kamikazzi sprang sofort wieder auf, zückte das Schwert und fuchtelte damit wütend gegen ihren Raptor, der aber längst wieder in der Luft war. »KOMM SOFORT ZURÜCK UND KÄMPFE WIE EIN WIKINGER!«, kreischte Kamikazzi, außer sich vor Wut, dass sie von einem Plattiraptor gekidnappt worden war. Die Piratenmeute kugelte sich vor Lachen.

Die drei jungen Wikinger wurden mit dicken Seilen gefesselt und mit den Köpfen nach unten am Großmast aufgehängt, sodass sie wie Hähnchen aussahen, die kurz vor der Schlachtung standen. Sogar Zahnlos und Sturmfliege waren gefangen genommen worden und wurden ebenfalls an den Mast gefesselt.

Die Stimmung der drei Freunde war nicht gut. Man könnte sogar sagen, dass sie düster war. Entsetzt. Zu Tode verängstigt. Sie hatten keine Ahnung, was die wilde Barbarenmeute mit ihnen vorhatte.

Obwohl das eigentlich nicht so schwer zu erraten

war, denn die gesamte Schiffsbesatzung stimmte ein rhythmisches Gebrüll an: »TÖTEN, TÖTEN, TÖTEN – DIE KINDER MUSS MAN TÖTEN!«

Selbst Kamikazzi, die sonst immer recht hoffnungsvoll in die Welt hinausblickte, musste sich eingestehen, dass ihre Lage nicht sehr vielversprechend aussah.

»Was glaubst du – meinen sie UNS?«, wimmerte Fischbein.

»Na ja, wir sind die *einzigen* Kinder hier oder siehst du noch andere?«, fragte Hicks zurück, wobei seine Zähne klapperten wie die Scheren einer schlecht gelaunten Krabbe.

»Vielleicht sollten wir mal über einen Fluchtplan nachdenken?«, zwitscherte Kamikazzi zuckersüß, während die Barbaren unter grausamem Gelächter und Jubel anfingen, die armen Gefangenen mit faulen Fischen zu bewerfen.

»Du hast natürlich recht, Kamikazzi«, gab Hicks zu, »aber wir haben es mit mindestens zweihundert Barbaren zu tun ... alle schwer bewaffnet ... Ich weiß nicht, wie es dir geht, aber ich persönlich bin patschnass, habe keine Waffen mehr und bin im Moment mit dem Kopf nach unten an einen Mast gefesselt. Ich habe keine Ahnung, wie wir uns aus dieser Lage befreien sollen. Vielleicht könnten wir sie durch Reden zur Vernunft bringen, aber leider kommen sie mir nicht besonders vernünftig –«

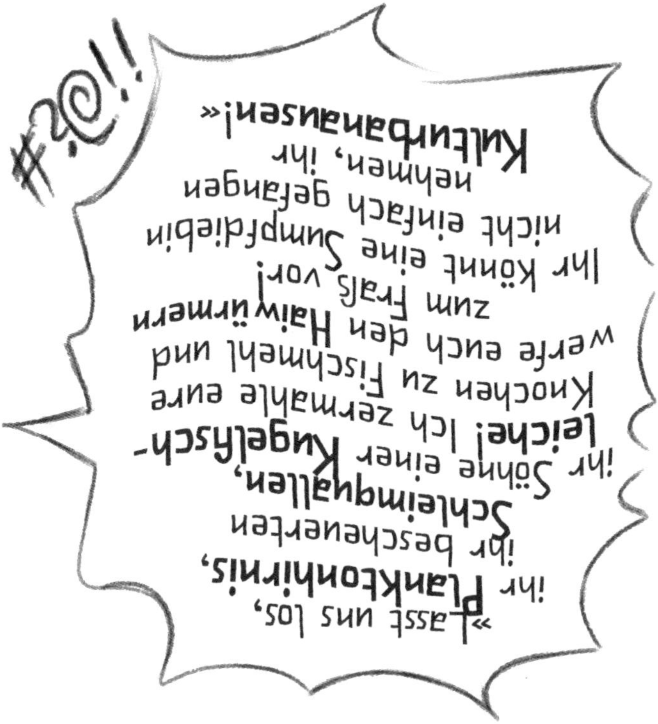

… schrie Kamikazzi kopfüber.

Daraufhin wurden die Drohgesänge nur noch lauter und ein Hagel von Fischresten prasselte auf die Gefangenen nieder.

Die Barbaren rasteten schier aus vor Lachen. »Wo ist die Armee, die du dafür brauchst, Blondinchen?«, brüllten sie.

»Überzeugende Argumente, Kamikazzi«, sagte Hicks.

Einer der Barbaren schlenderte lässig zu einem Zelt, das mitten auf dem Schiff stand, und brüllte: »Boss! He, Booosss! Sie sind daaa!«

»Ich hab den Eindruck, dass wir erwartet wurden«, murmelte Hicks grimmig. »Das ist schon mal kein gutes Zeichen.«

»NICHTS auf diesem Schiff ist ein gutes Zeichen!«, bibberte Fischbein. »Wer sind diese Typen?«

Über diese Frage hatte sich Hicks schon selbst das Hirn zermartert. Wer hatte am Schwimmwettkampf der Stämme des Archipels nicht teilgenommen? Die Haudraufbolde? Westgrobiane?

»*Bitte* keine Westgrobiane«, wimmerte Fischbein.

Es waren keine Westgrobiane. Es war noch viel schlimmer. Denn als ein paar Barbarenmatrosen die Zeltleinwand zurückzogen, saßen dort drei Männer an einem Tisch und genossen eine kleine Zwischenmahlzeit. Drei Männer, die jeder für sich schon ein Unglück darstellten und zusammen sogar ein ganz, ganz großes.

Von links nach rechts saßen da: Irrwürg der Mörderische, Norbert die Hohlnuss, der Stammeshäuptling der Tobsüchtigen, und Faulzahn, Irrwürgs schleimiger kleiner Helfershelfer.

5. EIN ALTER, ABER UNANGENEHMER BEKANNTER

Die kleine Zwischenmahlzeit war ein Reh und es war absolut widerlich, Norbert und Irrwürg beim Essen zuschauen und zuhören zu müssen. Mit blutverschmierten Händen rissen sie dem nur halb garen Braten ein Bein nach dem anderen aus. Faulzahns Tischmanieren waren ein bisschen feiner; er nagte nur zart an einem Stück roher Rehleber, die er auf eine schwarze Gabel mit zwei langen Zinken aufgespießt hatte.

Norbert die Hohlnuss trank den letzten Schluck Wein aus einem halben Schädel, warf dabei ein paar kleinere abgenagte Knochen über die Schulter und wischte sich Fett und Blut am Hemd ab.

»Gut gemacht, Irrwürg, alter Junge«, dröhnte er begeistert. »Deine Plattiraptoren haben die Opfer geliefert, wie ich sehe.«

Hicks gefiel der Klang des Wortes »Opfer« nicht besonders. »W-was geht hier a-ab?«, stotterte er. »Warum habt ihr uns verschleppt? Wir wollen sofort zum Wettschwimmen zurück … Und was hat Irrwürg überhaupt hier zu suchen? Er sollte doch mitschwimmen …?«

Da stand Norbert auf und beugte sich dicht zu Hicks herab. Über sein einziges noch vorhandenes Auge zogen sich blutrote, pulsierende Adern wie Straßen über eine

Landkarte. Ein heftiges nervöses Zucken ließ die Pupille wütend umhertanzen. »Für dich ist der Wettkampf gelaufen, Freundchen!«, fauchte er Hicks schadenfroh ins Gesicht. »Ich und Irrwürg haben ein kleines Abkommen geschlossen. Irrwürg liefert dich mir aus und dafür darf er sich ein paar Stunden auf meinem Schiff ausruhen. Dann schwimmt er lange nach allen anderen zum Ufer zurück und geht als SIEGREICHER LETZTER durchs Ziel.«

»Aber … aber das ist unsportlich und geschummelt!«, protestierte Hicks. »Nach den Regeln darf man sich weder durch Boot noch Floß helfen lassen!«

»Aber selbstverständlich ist das geschummelt!«, lachte Norbert. »Glaubst du etwa, dein eigener Ururgroßvater Grimmbart der Abscheuliche wäre damals bei dem berühmten Wettschwimmen ohne Schummeln König des Archipels geworden? Kein Mensch kann DREI VOLLE MONATE LANG schwimmen, das ist unmöglich …«

»Das ist wirklich ein bisschen lange«, meinte Faulzahn grinsend. »Ich unterbreche nur ungern eure Wiedersehensfreude, aber wir müssen los. Du hast bekommen, was du haben wolltest, Norbert. Irrwürg hat sich genug ausgeruht und ist jetzt ganz wild darauf, als Siegreicher Letzter durchs Ziel zu gehen.«

Irrwürg der Mörderische grunzte zustimmend und wischte sich die blut- und fettverschmierten Hände am Wams ab. Er schüttelte Norbert die Hand, machte ein paar Kniebeugen, reckte sich und sprang mit einem Kopfsprung über Bord. Der widerliche kleine Faulzahn folgte, hielt sich aber die Nase zu und brachte nur eine einfache Arschbombe zustande.

»Gut, gut«, lächelte Norbert zufrieden und rieb sich die fettigen Hände. »Da wären wir also wieder, mein seltsamer rothaariger Freund. Wenn ich mich recht erinnere, hast du mir bei unserer letzten Begegnung mein Tickdings gestohlen, meine Große Halle abgefackelt, mir ein Schurrbartende weggebissen, einen Pfeil in meinen Hintern geschossen und meinen Papa an die Kreischer verfüttert.«*

»Das war ein Unfall!«, widersprach Hicks. »Eine höchst

* Die Einzelheiten zu dieser netten Begegnung hat Hicks in »Drachenzähmen leicht gemacht. Mörderische Drachenflüche« geschildert.

unglückselige VERKETTUNG von Zwischenfällen, die wir *zutiefst* bedauern, stimmt doch, Leute, oder?«

»Mmfff«, schnaubte Norbert verächtlich. »Hab ich dir nicht versprochen, dich zu TÖTEN, sobald wir uns wieder über den Weg laufen?«

»Na ja, es freut mich zwar, dich wiederzusehen«, sagte Hicks höflich (es ist immer ratsam, einem Irren mit einer Schlachtaxt im Gürtel sehr höflich gegenüberzutreten), »aber diese Begegnung war ja eigentlich gar nicht GEPLANT …«

»Geplant oder nicht, mein kleines Hackebeil hat sich sooo danach gesehnt, dir endlich den Rotschopf vom Hals zu schlagen …« Norbert streichelte zärtlich seine doppelschneidige Streitaxt, die er immer und überall bei sich trug. Das eine Schneideblatt war aus glänzendem Gold, die andere war aus schwarzem, verrostetem, von Kerben übersätem Eisen. »Und natürlich auch eure Köpfchen, ihr beiden«, setzte er noch hinzu, damit sich Kamikazzi und Fischbein nicht vernachlässigt fühlten. »Aber ich kann mich nicht so recht entscheiden … Soll ich euch jetzt gleich einen Kopf kürzer machen? Oder soll ich euch auf unsere kleine Expedition mitnehmen und erst dann köpfen? Oje … oje … was mache ich nur … Das Leben stellt einen doch immer wieder vor schwerste Entscheidungen …«

»KÖPFEN, KÖPFEN, KINDER SOLL MAN KÖPFEN!«, sangen die barbarischen Tobsüchtigen voller Schadenfreude.

»Expedition?«, fragte Hicks, dessen Mut inzwischen tiefer ins Wasser gesunken war als der Kiel des Schiffes. »Was meinst du mit Expedition? Wohin fahrt ihr?«

»Ach, gar nicht sooo weit weg …« Norbert grinste ganz besonders fies. »Eigentlich ist es nur ein kleiner Segeltörn, um meinen neuen Kahn hier auszuprobieren. Die Jungfernfahrt, sozusagen. Ich dachte, wir schauen mal schnell in AMERIKA vorbei …«

»Aber Amerika gibt es doch gar nicht«, widersprach Fischbein. »Die Welt ist nämlich flach wie ein Pfannkuchen und wenn du zu weit nach Westen segelst, kippst du über den Rand!«

»SCHNAAAUUUZEEE!!!«, donnerte Norbert mit einem wütend-fanatischen Glitzern im irren Auge. »Die Welt ist rund und kugelig wie eine Orange und ich weiß genau, dass es ein Land namens Amerika gibt, weil ich nämlich SCHON MAL DORT WAR!!! Ich werde mit GLORIA und VICTORIA zurückkommen, mit KRIEGERN und MACHT, und ich werde ein WELTREICH gründen! Stellt es euch nur vor: ICH, NORBERT DER GROSSE, Kaiser der Neuen Welt!«

Hicks konnte es sich *lebhaft* vorstellen und es war ein abscheulicher Gedanke. Auch wenn es die Neue Welt natürlich gar nicht gab.

»Das neue Land werde ich in CHOLERIKA umtaufen!«, prahlte Norbert höchst selbstzufrieden und schwenkte seine Streitaxt mit ausladender Geste über den ganzen westlichen Horizont. »Aber um überhaupt erst mal nach Amerika zu kommen, brauche ich das Tickdings, das du mir letztes Mal geklaut hast! Nur das Tickdings kann uns den richtigen Weg zeigen … Also – WER VON EUCH hat es?«

Und er stieß jedem von ihnen die scharfe Streitaxt bis dicht vors Gesicht.

»Etwa der komisch aussehende Knabe mit dem roten Haar und den Sommersprossen? Oder die kleine durchgeknallte Blondine? Oder das mickrige Bürschchen mit dem Fischgesicht?«

»Ich habe es, ich, Hicks der Hartnäckige vom Hauenstein der Dritte«, sagte Hicks. »Allerdings stehst du im Moment genau drauf.«

Hicks hing mit dem Kopf nach unten am Mast, deshalb war ihm das Tickdings aus der Tasche gerutscht und auf das Deck gefallen. Und Norbert war mit seinem riesigen Fuß daraufgetrampelt.

»Mein Tickdings«, rief Norbert voller Freude, band es von Hicks' Handgelenk ab und drückte es sich liebevoll an die Brust.

»Und jetzt, Hicks«, lächelte Norbert und erinnerte Hicks daran, dass da noch wichtigere Dinge entschieden werden mussten, nämlich die Frage, ob die schwarze Klinge der zweischneidigen Streitaxt jetzt sofort oder eben erst später nähere Bekanntschaft mit Hicks' Kehle machen sollte. »Wie gesagt, ich kann mich nicht

TACK
TICK
TACK
TICK

entscheiden, ob ich dich jetzt töten soll oder doch erst, wenn wir nach Amerika kommen … Das ist ein Problem, das verstehst du doch sicher?«

»Vollkommen …«, schluckte Hicks.

»Dann lassen wir doch DIE AXT DER VERDAMMNIS entscheiden!«, brüllte Norbert und breitete die Arme weit aus. (Das wilde Gebrüll und Fußstampfen der Tobsüchtigen erschütterten das ganze riesige Schiff.) »Ich werde die Axt in die Luft werfen. Wenn sie mit der Goldseite nach unten im Deck stecken bleibt, kommt ihr mit nach Amerika. Wenn sie mit der schwarzen Seite stecken bleibt … na ja, wenn sie mit der schwarzen Seite landet, sterbt ihr auf der Stelle!«, röhrte Norbert die Hohlnuss. »Was meinst du, Hicks der Hartnäckige vom Hauenstein der Dritte, wie viel Glück hat dir der heutige Tag schon gebracht?«

»Die Frage ist mir eben auch durch den Kopf gegangen«, murmelte Hicks bedrückt. »Bisher war es wohl so ziemlich mein unglücklichster Tag seit Jahren.«

»Ach wie schön!«, rief Norbert grinsend. »Ich HASSE es nämlich, auf die schönsten Momente warten zu müssen.«

»WIRF DIE AXT! WIRF DIE AXT! WIRF DIE AXT!«, brüllten die Tobsüchtigen begeistert.

»TOD ODER AMERIKA!«, brüllte Norbert.

»TOD ODER AMERIKA!«, brüllten die Tobsüchtigen zurück.

»Tod oder Amerika«, stöhnten Hicks, Fischbein und Kamikazzi im Chor.

Hicks schloss die Augen, als Norbert die Axt mit einem gewaltigen Aufbrüllen in die Höhe schleuderte.

Nun erst dämmerte es den Tobsüchtigen, dass das Ding irgendwann wieder herunterkommen würde. Mit zwei scharfen Schneiden. Sie liefen in alle Richtungen auseinander. Die Axt stieg in den Himmel, immer höher und höher, drehte sich immer und immer wieder um sich selbst, mal war erst die Goldseite oben, dann die schwarze, höher und höher wirbelte sie …

… und schien dann für einen kurzen Augenblick in der Luft zu schweben … um dann wieder Richtung Deck zurückzufallen.

In Todesangst spähte Hicks durch seine meersalzverkrusteten Haarsträhnen nach oben.

»Schwarz gewinnt! Schwarz gewinnt!«, brüllte Norbert die Hohlnuss wie verrückt vor Freude. »Macht euch auf den Tod gefasst!«

Und voller Entsetzen sah auch Hicks, dass die Axt dabei war, mit der schwarzen Schneide in die Deckplanken zu krachen. Und er konnte ABSOLUT NICHTS dagegen tun.

Die dunkle Schneide der AXT
(ein rührendes kleines Wiegenlied)

Komm, tanz den Todestanz mit mir,
der Mond schaut grinsend zu.
Wir tanzen über alle Gräber
und stör'n der Toten Ruh'.

Der Todestanzschritt fällt dir schwer?
Den lernst du schnell, mein Kind!
Wenn meine Axt dich sanft liebkost
und vom Hals das Blut dir rinnt.

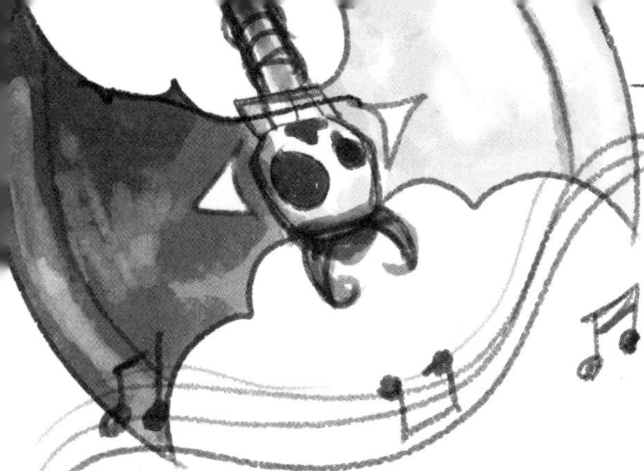

Schon tanzen Geister mit den Walen
auf bleichen Knochen durch die Nacht.
Und meine Axt macht alle gleich,
der Mond hält grinsend Wacht.

Und fröhlich tanzt du übers Meer,
wie blutleer schön ist dein Gesicht!
Im irren Takt der Tanzmusik,
bis dass der Tag erneut anbricht.

6. DIE AXT DER VERDAMMNIS FÄLLT IHR URTEIL

Hicks' Gedanken gingen wild durcheinander. Verzweifelt suchte er nach einem Ausweg.

Er konnte sich nicht bewegen, aber vielleicht besser denken, weil er mit dem Kopf nach unten hing … und plötzlich kam ihm die Erleuchtung!

»KANNST DU ÜBERHAUPT DAS TICKDINGS *LESEN*, NORBERT?«, schrie Hicks in höchster Verzweiflung.

Norbert schaute auf das Tickdings in seiner Hand … VERFLIXT … nein, er konnte es nicht lesen!!!

… aber die Axt sauste bereits auf das Deck herab. Es war keine Frage, dass die schwarze Klinge in die Planken einschlagen würde, und die Axt der Verdammnis durfte sich NIEMALS IRREN … Deshalb versetzte Norbert seinem Handlanger Bruto Brutalo einen mächtigen Schubs, sodass dieser gegen die Axt fiel, sie zur goldenen Seite drehte, und sich dabei einen ordentlichen Kratzer am tätowierten Arm zuzog.

»Daran bist nur du schuld!«, brüllte Norbert Hicks an. »Also gut, bindet die neunmal verfluchten kleinen Diebe los!«

In der Meute der enttäuschten blutrünstigen Tobsüchtigen brach fast eine Meuterei aus, als sie die Gefangenen losbinden mussten. Die drei kleinen Wikinger fielen auf das Deck und blieben ein paar Augenblicke benommen liegen, bevor sie sich langsam aufsetzten. Sie waren unendlich froh, wieder den Kopf oben zu haben.

»Folgt mir!«, bellte Norbert die Hohlnuss.

Hicks folgte Norbert in das große Zelt, das mitten auf dem Deck stand. Es war Norberts Kabine. Normalerweise reisen Wikinger mit ziemlich leichtem Gepäck. Und normalerweise haben sie auch überhaupt keine Kabinen auf ihren Langschiffen, nur vielleicht ein paar kieloben liegende Beiboote, um sich gegen Wind und Wetter zu schützen.

Aber Norbert hatte größere Pläne: Er wollte FÜR IMMER nach Amerika auswandern, deshalb hatte er sein riesiges Schiff mit allen möglichen Utensilien vollgepackt, die man als Zukünftiger Kaiser des Neuen Weltreichs eben irgendwie brauchte. Tische, Stühle, Schachbretter, ein paar Knüppel für ein ordentliches Eisknüppelduell, Bumsbälle, ein paar Ski.

Die Wände des Kabinen-Zelts waren mit verrückten Zeichnungen bedeckt, die Norberts allerneueste Erfindungen darstellten – und mit ein paar großen Land- und Seekarten. Norbert stieß mit dem dreckigen Finger auf eine bestimmte Karte, auf der ein paar winzig kleine Ziffern zu erkennen waren.

»Nach DIESER Karte ist mein Vater Grobkarl nach Amerika gesegelt!«, verkündete Norbert.

»Mein Vater hat immer die komischen kleinen Ziffern

angeschaut, dann auf das Tickdings geblickt und schon wusste er, in welche Richtung er segeln musste.«

Norbert gab Hicks die Karte und das Tickdings. Das Tickdings hatte neun Zeiger.

Die beiden kleinsten zeigten die Zeit an, und das viel

genauer als Alt Faltls komplizierte Kerzenständer. Der dicke Zeiger wies immer nach Norden, so ungefähr wie der Nordstern. Der Zeiger mit dem runden Kreis an der Spitze war ein Lügendetektor. Was der Zeiger in Form eines Fragezeichens und der komische blitzförmige Zeiger bewirkten, wusste Hicks noch nicht, aber die restlichen zwei Zeiger waren dafür da, einem zu sagen, wie weit man ostwärts und westwärts gehen konnte.*

Hicks saß am Tisch und blickte vom Tickdings auf die Karte und wieder zurück, und zwar so lange, dass Norbert ungeduldig wurde und brüllte:

»BEEIL DICH, KNABE! Wir haben schließlich nicht den ganzen Tag Zeit!«

»Der schnellste Weg nach Amerika, falls es dieses Land wirklich geben sollte, ist in *diese* Richtung.« Hicks deutete auf die schwarzen Sturmwolken, die in der Ferne zu erkennen waren. »Aber dann müssten wir durch die Eisigen Inseln segeln, wo ein paar wirklich unangenehme Polardrachen leben, denen wir dann unweigerlich begegnen –«

»AAAHOOOIII!!!«, brüllte Norbert die Hohlnuss, riss Hicks die Karte aus den Händen und stürmte aufgeregt auf das Deck hinaus. »Alle Mann an Deck! Segel klar zum Setzen! Feuer in die Dampfdrachen! Zieht euch warm an!

* Daraus kann man schlussfolgern, dass das Tickdings auch den LÄNGENGRAD berechnen konnte (was Hicks »nach Westen gehen« nannte). Bisher gingen die Wissenschaftler davon aus, dass das erste Instrument, mit dem sich der Längengrad bestimmen ließ, ein 1773 erfundener Chronometer war, aber Hicks' Memoiren beweisen natürlich etwas anderes.

Kurs auf da, wohin der kleine Scheißer hier deutet! AMERIKA, WIR KOMMEN!«

Rings um die drei patschnassen kleinen Wikinger brach Hektik aus. Die großen, muskelbepackten Tobsüchtigen stolperten fast übereinander, als sie den Befehlen folgten, in die Takelage stiegen, das Segel hissten, die Leinen einholten und mit aller Kraft an dem mächtigen Steuerrad drehten.

Aus den abgeknickten Schornsteinen quoll dichter Rauch, der das gesamte Deck in eine erbsengrüne Nebelsuppe hüllte. Langsam, gaaanz langsam wendete das mächtige Schiff wie ein gewaltiger hölzerner Wal. Es drehte den Bug in Richtung Norden, seine Segel blähten sich, es stieß große Rauchwolken aus und puffte langsam aus dem Archipel in das Eisige Meer hinaus.

7. DIE REISE ZUR ENTDECKUNG AMERIKAS

So kam es, dass Hicks, Kamikazzi und Fischbein von Norbert der Hohlnuss entführt wurden und sich nun auf einem Schiff befanden, das aus der trüben See und den vertrauten Gewässern des Archipels ins offene Meer hinaussegelte, um NIE MEHR zurückzukehren.

Aber natürlich hatte keiner von ihnen auch nur die geringste Lust, nach Amerika auszuwandern. Denn abgesehen davon, dass sie das nicht wollten, gab es noch ein weiteres Problem: Der Große Westozean war nämlich rappelvoll mit Seedrachen, die so Furcht einflößend groß und gewaltig waren, dass sie sogar das Schiff, auf dem die drei kleinen Wikinger standen, mit einem Happs verschlingen konnten.

»Na … dann … äh … sag mir doch mal eins, Hicks: Was machen wir jetzt?«, fragte Fischbein langsam.

»Na ja«, brachte Hicks durch seine klappernden Zähne hindurch hervor, »vielleicht sollten wir erst mal unsere Klamotten trocknen?«

Wie sich zeigte, war der Schornstein auf dem Achterdeck ziemlich heiß, wenn man die Hand darauflegte, deshalb lehnten sie sich ein paar Stunden lang dagegen und genossen die wohlige Wärme, die nicht nur ihre Kleider trocknete, sondern auch tief in ihre steif gefrorenen Knochen drang. Die Reste des Blubberflüglerfetts schmolzen und rannen in grünen Streifen über ihre Gesichter und Arme, sodass sie wie drei kleine Eidechsen aussahen, die sich in der Sonne rekelten. Das Salzwasser machte zwar ihre Kleider so steif wie Karton, aber wenigstens waren sie jetzt trocken.

Als sie endlich zu bibbern aufgehört hatten, machten sie sich auf eine Erkundungstour über ihr schwimmendes Gefängnis.

Die Tobsüchtigen waren ein eigenartiger Stamm: Träumer, Irre, geniale Erfinder. Die *Amerikanischer Traum II* war deshalb alles andere als ein gewöhnliches Wikingerschiff.

Der Rauch, der aus dem Schornstein stieg, hatte eine deutlich graugrüne Farbe, deshalb vermutete Hicks, dass es sich um Drachenfeuer handelte. Wahrscheinlich hatten sie ein paar Drachen im Unterdeck eingesperrt und Hicks hätte nur zu gern erkundet, wie der Mechanismus funktionierte, der das Schiff antrieb.*

Aber die »Drachenmaschine«, die Hicks im Bauch des Schiffes vermutete, war nicht die einzige Verrücktheit an Bord. Da stand zum Beispiel noch ein eigenartiges Gerät, aus dem rechts und links Flügel herausragten.

---

* Hicks' Memoiren lassen vermuten, dass Norbert die Hohlnuss das Dampfschiff erfunden hatte – also viele, viele Jahrhunderte, bevor ein anderer Typ auf die Idee kam, Schiffe mit Dampf anzutreiben. Aber das passierte auch mit anderen Sachen. Ein Typ namens Leonardo da Vinci zum Beispiel zeichnete einen Hubschrauber, einen Bagger, einen Tauchanzug, eine Drehbrücke, eine Rechenmaschine, einen Fallschirm und einen Panzer – Hunderte Jahre, bevor diese Dinge tatsächlich »erfunden« wurden.

Windgetriebene Flugmaschine.
Abb.

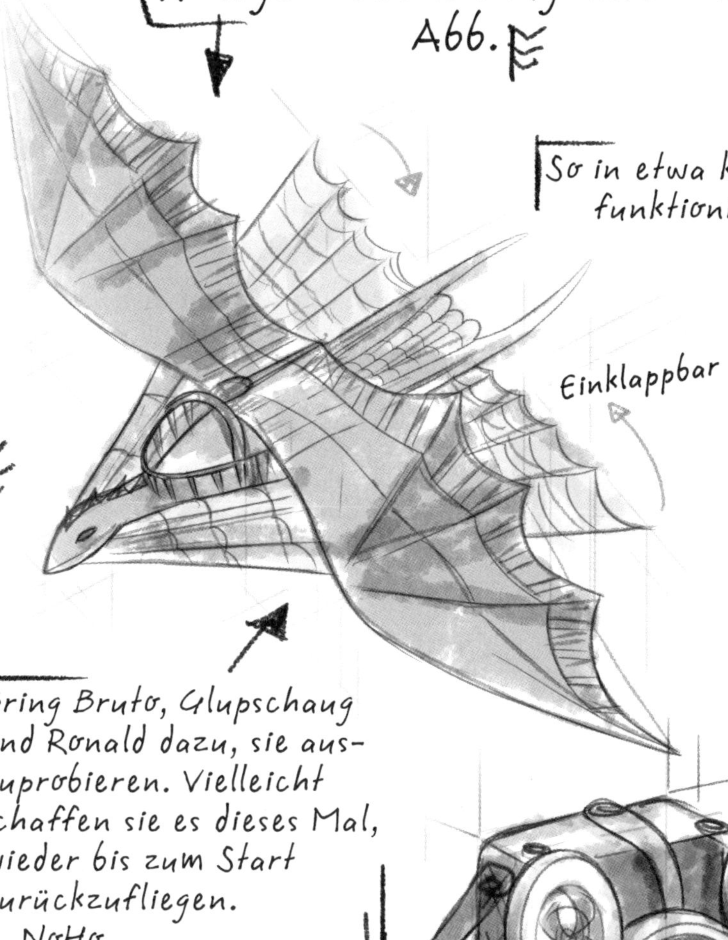

So in etwa könnte es funktionieren.

Bring Bruto, Glupschaug und Ronald dazu, sie auszuprobieren. Vielleicht schaffen sie es dieses Mal, wieder bis zum Start zurückzufliegen.
NoHo.

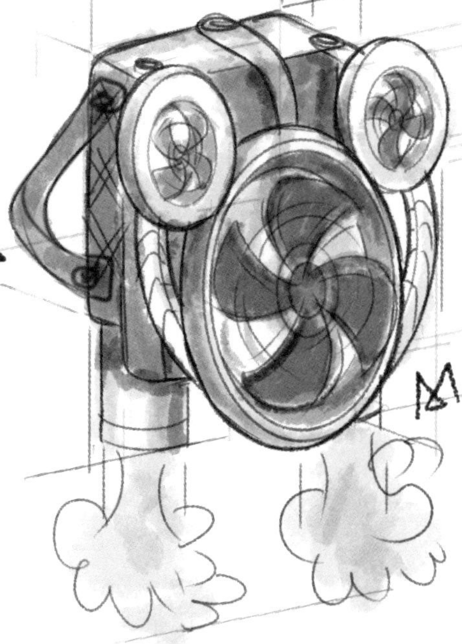

Dampfgetriebene Maschine

Abb.

... aber vielleicht doch anders bauen.

Ein Tobsüchtiger namens Roter Ronald erklärte ihnen, dass es sich um eine Flugmaschine handle. Leider funktioniere sie noch nicht so richtig.

Mehrmals am Tag kam Norbert aus seinem Zelt gestürzt und brüllte ein paar seiner Leute (die darüber alles andere als glücklich waren) zu, die Maschine an Seilen bis zum Krähennest hinaufzuziehen und mit dem Ding von dort oben abzufliegen.

Die Flugmaschine blieb tatsächlich immer ein paar Minuten lang in der Luft, doch dann stürzte sie spektakulär ins Meer. Die Besatzung musste aus dem Wasser gefischt werden und durfte zur Strafe das Ding reparieren.

Dann gab es da noch eine ungewöhnliche Maschine mit einem Rad und Pedalen. Sämtliche Besatzungsmitglieder wechselten sich ab, das Ding mit ihren Füßen anzutreiben. Es war mit einem großen, trompetenähnlichen Trichter verbunden. Hicks hatte zunächst keine Ahnung, wozu das Gerät benutzt wurde. Im Moment saß Bruto Brutalo auf der Maschine und strampelte, was das Zeug hielt, weil er bei dem Zwischenfall mit der Axt der Verdammnis eine Verletzung am Arm erlitten hatte und deshalb für andere Jobs (Segel hissen oder sonst was Nützliches) nicht zu gebrauchen war.

Hicks wollte unbedingt wissen, was diese Maschine konnte, und ging deshalb zu Bruto hinüber und fragte ihn.

»Ach, das ist die Sinkverhinderungs- und Seedrachenverscheuchmaschine«, erklärte Bruto und hörte ein paar Augenblicke lang auf, die Pedale zu treten, um Hicks' Frage zu beantworten. »Sie sorgt dafür, dass das Schiff nicht sinken kann, und außerdem verscheucht sie die riesigen Meeresungeheuer, wie zum Beispiel die Höllenschlunde, den Großen Terrorflügler, den Seedragonus Giganticus Maximus, solche Tierchen eben.«*

»WEITERSTRAMPELN!«, brüllte Norbert die Hohlnuss und kam wütend aus seinem Zelt gerannt. Bruto trat sofort wieder so heftig in die Pedale, dass seine Füße kaum noch zu sehen waren.

»Und DU«, brüllte Norbert Hicks an, »HÖRST ENDLICH DAMIT AUF, DIE BESATZUNG ABZULENKEN! Wenn dieser Mann hier auch nur einen Augenblick mit dem Strampeln aufhört, wird das Schiff sinken und wir könnten von einem Ozeandrachenmammut angegriffen werden!«

»Faszinierend«, sagte Hicks sehr höflich, aber tatsächlich dachte er: *Der ist irre wie eine durchgeknallte Flunder.*

Fischbein schluckte heftig. »Besteht denn die Möglichkeit«, fragte er hoffnungsvoll, als sie weitergingen, »dass das Ding tatsächlich funktioniert?«

»Was denkst du denn«, gab Hicks spöttisch zurück, »würde ein Trichter, wenn man ihn ständig dreht, verhindern können, dass ein ganzes Schiff absäuft? Das glaubst du doch wohl selbst nicht ...«

---

* Nicht alle Erfindungen von Norbert der Hohlnuss waren brauchbar und manche funktionierten überhaupt nicht. Genie und Wahnsinn lagen bei ihm dicht beieinander.

Am ersten Abend, den sie auf der Reise zur Entdeckung Amerikas erlebten, ging die Sonne in einem prächtigen, glühenden rosa-gold-violetten Farbenspiel am Horizont unter. Aber die jungen Wikinger hatten dafür keine Augen – sie saßen auf dem Deck und machten sich Sorgen … nichts als Sorgen … und noch mehr Sorgen. (Genau genommen machten sich nur zwei von ihnen Sorgen; Kamikazzi spielte einfach mit Zahnlos.)

Das Sich-Sorgen-Machen beschäftigte Hicks und Fischbein bis spät in die Nacht, während die Tobsüchtigen auf Deck ein Feuer anzündeten und Lieder in den Sternenhimmel emporbrüllten. Sie alle drehten sich um das Wikingerleben. Man muss sich dabei vorstellen, dass Norbert die Hohlnuss immer wieder ein AHOI! dazwischenwarf, wobei er mit der Axt der Verdammnis auf einen umgedrehten eisernen Eimer schlug.

Wir könnten satt und zufrieden
schnarchend am Feuer liegen,
die Frau im Arm, die Kinder im Bett,
ein Leben, richtig fein und adrett.
Stattdessen fahr'n wir durch kalte Gewässer
und werden immer nass und nässer.
Statt der Braut halten wir den Tod im Arm,
ein Gerippe, so bleich, dass sich Thor erbarm'.
Und der Knochenmann lockt uns ins salzige Grab
in die grausige schwarze Tiefe hinab …
HU HU AHOI, HU HU AHOI!

Norbert die Hohlnuss saß wie ein verkrüppelter Schatten im dunklen Zelt, nur sein irres Auge glühte im Feuerschein. Er beobachtete seine grölende Piratenbande und schmauchte eine lange, dünne Pfeife, aus der eine dünne weiße Reichfahne bis ins geblähte Großsegel und weiter in den Nachthimmel aufstieg.

Wir könnten uns ständig besaufen
und mit unseren Feinden raufen.
Den einen verkloppen, den andern erstechen
und dann wieder friedlich weiterzechen.
Stattdessen hocken wir auf dem krängenden Schiff
und trotzen dem Sturm, umschiffen das Kliff.
Das Segel gebläht wie ein dicker Bauch,
aus dem Drachenschlot steigt der Rauch.
So fahren wir über das Meer, ahoi!
Und der Tod fährt mit, er ist immer dabei …
HU HU AHOI, HU HU AHOI!

Während sich die Tobsüchtigen mit Met volllaufen ließen und bis spät in die warme Nacht krakeelten, fielen Hicks allmählich die Augen zu.

Doch er riss sie erschrocken wieder auf, als das Deck unter seinen Füßen heftig zu beben begann. Seltsame Geräusche mischten sich nun unter die Lieder der Matrosen, unheimliche Stimmen in einer Sprache, die Hicks nicht verstand, und sie klangen so eigenartig und ANDERS, dass sie ihm so fremdartig vorkamen wie die Rufe und Gesänge der Wale oder Delfine.

Die Stimmen kamen tief aus dem Bauch des Schiffs.

»Was ist das?«, flüsterte Fischbein Hicks zu, die Augen vor Entsetzen weit aufgerissen.

Hicks' Magen verkrampfte sich. Plötzlich wurde ihm klar, woher und von wem die Stimmen kamen.

»Ich überlege gerade«, flüsterte er langsam zurück, »ob das Schiff vielleicht *Sklaven* an Bord hat?«

Die Tobsüchtigen hatten aufgehört zu singen und lauschten nun ebenfalls. Und das seltsame Lied veränderte sich, es klang immer düsterer, unheimlicher. Wie ein Tropfen eiskaltes Wasser lief Hicks ein Schauder über den Rücken. Man musste die fremde Sprache nicht sprechen können, um zu verstehen, was sie sagten.

Zahnlos stieß ein furchtsames Wimmern aus wie ein verschreckter Spaniel, und presste die Pfoten auf die Ohren.

Sie waren dabei, einen Fluch auf das Schiff zu legen. Die ganze Reise war verflucht. Und verflucht war auch jeder einzelne Wikinger, sei es Mann, Frau oder Kind, der die Sklaven unter Deck eingesperrt hatte.

Hicks' Nackenhaare stellten sich auf.

Und sie sangen immer weiter, sangen ihren grausamen, furchtbaren Fluch, bis Norbert aus dem Zelt stampfte, mit der Axt der Verdammnis dreimal auf das Deck schlug und brüllte:

»RUHE DA UNTEN! ODER ICH KOMME RUNTER UND ERSÄUFE EUCH ALLE!«

Danach kehrte Stille ein.

Hicks lag mit heftig pochendem Herzen im Dunkeln. Wie er sich sehnte, wieder zu Hause zu sein …

Erst viel später schlief er endlich ein, während die Tobsüchtigen immer noch in die laue Nacht grölten:

Wir könnten zufrieden sitzen,
am heimischen Feuer schwitzen.
Doch über uns leuchten die Sterne
und es lockt uns ein Land in der Ferne.
Reichtum und Ruhm wird es bringen,
doch beides müssen wir erst erringen.
Drum fahren wir über das Meer, ahoi,
und Thor ist mit uns und bleibt uns treu.
Wir entdecken das ferne Amerika,
und wenn wir's erreichen, bleiben wir da!
HU HU HURRA, HU HU HURRA!

Das Schiff segelte weiter durch die mondklare Nacht.

Abgesehen von vier Besatzungsmitgliedern (ein Steuermann, einer, der sich um die Dampfdrachen kümmerte, einer, der oben im Krähennest Ausschau hielt und der bedauernswerte Mann, der sich an Norberts verrückter Drachenverscheuchmaschine abstrampeln musste, lagen nun alle Menschenwesen an Bord der *Amerikanischer Traum II* in tiefem Schlaf: Tobsüchtige, Raufbolde, Freunde und Feinde, eben alle.

Was keiner dieser kleinen schlafenden Menschenwesen auch nur ahnen konnte, war, wie winzig sie im Vergleich zu der riesigen Welt waren, in die sie segelten. Nichts schien sich verändert zu haben – ringsum lag das Meer ruhig und friedlich … aber tatsächlich waren sie aus den sicheren und verhältnismäßig seichten

Gewässern des Archipels hinausgesegelt; sie hatten eine unsichtbare Grenze im Ozean überquert und segelten nun über wirklich sehr, sehr tiefe Untiefen.

Gewässer, die so tief waren wie eine sonnenlose schwarze Wüste aus Wasser.

Aber konnte es nicht sein, dass sich ganz tief unten in der Dunkelheit *etwas* regte? Die unbegreiflich große Weite des Offenen Meeres barg viele fremdartige und entsetzliche Dinge. Dinge, die wir uns nicht einmal vorstellen können.

Mit etwas Fantasie könntest du dir sicher vorstellen, dass sich bald etwas unsagbar Furchtbares ereignen wird. Dass dort unten irgendein riesiger Riesendrache in einer tiefen Schlucht auf dem Meeresgrund schlummert, eingerollt wie ein schlafender Tornado, der nun langsam aufwacht und sich unaufhaltsam und erbarmungslos dem Schiffchen nähert, das oben gemächlich über das Wasser pafft.

Aber Fantasie ist hier natürlich völlig fehl am Platz, und deshalb wissen wir, dass so etwas nicht sein kann.

DRACHENSPRACHE LEICHT GEMACHT: ZAHNLOS MÖCHTE EIN HAUSTIER HABEN

biddä biddä biddä biddä ...

Ni, Zahnlos, te NA willshabn a liebs Zahnnabber furs Spillen!
Nein, Zahnlos, du KANNST keine Ratte zum Spielen haben.

Weilnemlich mi Pappsi na mags.
Weil das nämlich meinem Vater nicht gefallen würde.

Unn au net a Mondheul, Skorpsi, un nixissinix a Knackimjamfiss.
Und auch keinen Wolf, keinen Skorpion und erst recht keinen Haifisch.

Te bis a pfui-äh Meista un ti Pochpoch is mach fon Schnüffischleim.
Du bist ein ganz gemeiner Meister und dein Herz ist aus Nasenpopeln gemacht.

Wenn Zahnlos ganz ganz üble Laune hat, stößt er so viel schwarzen Rauch aus, dass man ihn kaum noch sehen kann.

8. DAS SKLAVENBRANDMAL

Hicks behielt recht: Das Schiff hatte Sklaven an Bord.

Am nächsten Morgen fragte Hicks Ronald den Roten und der bestätigte, dass sich im Laderaum einhundertneunzehn Sklaven befänden und dass alle dem Stamm der Nordwanderer angehörten. Die Nordwanderer waren sehr wild, sehr barbarisch und sie verabscheuten die Wikinger.

Hicks zitterte vor Angst, wenn er ihren Lärm hörte – den ganzen Tag und die ganze Nacht hindurch hörte man sie durch die schwer vergitterten Luken brüllen und fluchen.

Zwei Tage vergingen.

Jeden Morgen ging Hicks in die Zeltkabine und las auf Norberts Tickdings den Kurs ab. Den Rest des Tages verbrachten die drei jungen Helden damit, von ihrer Flucht zu träumen, während das Schiff stetig in nördlicher Richtung durch die Wellen trieb und die Luft immer kälter wurde.

Für junge Drachen gibt es keinen aufregenderen Spielplatz als ein Schiff unter Segeln. Und so verbrachten Zahnlos und Sturmfliege eine wirklich wunderbare Zeit auf dem Schiff; sie verwickelten sich in Seile, schossen in waghalsigen Sturzflügen durch die Takelage, benutzten das Großsegel als Rutschbahn und versuchten eifrig,

Sachen aus dem Kombüsenzelt zu stibitzen, ohne vom Koch erwischt zu werden. Sie jagten Mäuse im Laderaum, knabberten die Ärmel an Norberts Hemden und die Sohlen von seinen Stiefeln ab und flirteten (was aber nur auf Sturmfliege zutraf) mit den Jagddrachen, die sehr würdevoll nebeneinander auf der Mastspitze hockten.

Aber die beiden Drachen wagten sich nicht in den Stauraum, in dem die Sklaven gefangen gehalten wurden. Jedes Mal, wenn Zahnlos an der vergitterten Luke vorbeiflog, sträubten sich seine Rückenzacken und er zischte vor Angst.

Die drei jungen Helden hatten unterdessen genug Zeit zum Nachdenken. Deshalb waren sie immer mehr davon überzeugt, dass ihre Chancen zur Flucht gar nicht so schlecht seien.

Das Problem war nur, dass sie sich zuerst einmal auf einen Plan einigen mussten.

»Okay«, sagte Kamikazzi fröhlich, »ich hab mir natürlich schon mehrere Fluchtmöglichkeiten einfallen lassen. Ich könnte mich als Tobsüchtige verkleiden und einen von diesen idiotischen Wärtern überreden, ein Rettungsboot auszusetzen, weil wir einen Eisberg gerammt hätten.«

»Der Tobsüchtigenwächter würde es dir doch keine

Sekunde lang abnehmen, dass du zum Stamm gehörst«, schnaubte Fischbein höhnisch. »Sie sind vielleicht blöd, aber nicht blind! Du bist nur vier Fuß groß, Kamikazzi, du bist blond, weiblich und hast keine Gesichtsbehaarung ...«

»Aha«, sagte Kamikazzi, legte den Finger an die Nasenspitze und sah nun wirklich sehr gerissen aus, »aber wenn ich einen langen Mantel anziehe und auf deinen Schultern stehe und mir einen von Norberts Fellknieschonern ans Kinn klebe, dass es wie ein Bart aussieht ...«

»Nicht in einer Million Jahren wird das funktionieren«, widersprach Fischbein.

»Okay, was ist dann DEINE Idee, Herr von Schlauberg?«,

fauchte ihn Kamikazzi gereizt an. »Ich sag dir nur eins: Ich bin schon öfter aus den Kerkern der Römer und dem Verließ-Labyrinth der Totschläger geflohen, als du warme Mahlzeiten hattest …«

Währenddessen stand Norbert im Hintergrund und beobachtete seine Crew dabei, wie sie den Wandersklaven durch die Luke Essen zuwarf.

»Nicht ZU VIEL Brot!«, brüllte Norbert geizig. »Sie weigern sich zu rudern und streikende Sklaven werden wir nicht durchfüttern!«

Währenddessen führte Zahnlos seiner geliebten Sturmfliege ein paar seiner Drachenflugkunststücke vor, was Norbert allerdings nicht sehen konnte.

Seit fünf Minuten hatte sich Zahnlos eine wilde Verfolgungsjagd mit einer ganz normalen Fliege durch die Takelage geliefert; im Moment schwebte er ungefähr zwei Meter über Norberts Kopf. Nur seine Flügel und seine schmal zusammengekniffenen Augen bewegten sich, während er die Fliege beobachtete.

»Zzzzz … Zzzzz … Zzzzz …«, summte die Fliege und taumelte wie benommen rund um Norberts Kopf durch die Luft.

Zahnlos ließ sich geräuschlos ein bisschen weiter hinabsinken und spannte die Muskeln, bereit für den Sprung.

Die Fliege summte noch ein wenig herum …

… dann ließ sie sich auf einem von Norberts senkrecht hochstehenden Haaren nieder.

»W-W-WrrreeewwwooowwwRRRRRR!!!!!!!!«

Mit dem Fauchen eines Kung-Fu-Minidrachen sank Zahnlos im Sturzflug auf die Fliege herab, sämtliche Krallen ausgefahren und vorgestreckt – und krachte auf Norberts Kopf.

Norbert war keine sehr entspannte Persönlichkeit, müsst ihr wissen. Tatsächlich konnte man ihn sogar als »extrem überspannt« bezeichnen. Als nun plötzlich ein Drache auf seinem Kopf aufschlug und sich in seinen Skalp verkrallte, schrie Norbert lauter als eine Feuerwehr auf und sprang senkrecht in die Luft, als hätte ihn eine Monsterhornisse in den Allerwertesten gestochen. Er schlug wild mit den Armen um sich und fegte dabei einen seiner Leute von den Füßen. Der taumelte rückwärts … prallte gegen Hicks … und stieß Hicks um. Der wiederum rutschte aus und stürzte durch die wegen der Sklavenfütterung noch offen stehende Ladeluke.

Im Fallen bekam Hicks mit einer Hand zwar eine Kante der Luke zu fassen und klammerte sich daran fest …

… doch dann stolperte Norbert mit dem Aufschrei »Hicks!« und dem sich noch immer in seinem Haarschopf festklammernden Zahnlos auf ihn zu. Anstatt Hicks zu helfen, trampelte er ihm versehentlich, aber doch mit dem Gewicht eines ausgewachsenen Wikingers, auf die sich verzweifelt festklammernde Hand.

Hicks schrie auf, was wohl jeder getan hätte.

Und ließ los, was wohl ebenfalls jeder getan hätte.

Er stürzte in den Laderaum …

… in ebenden Laderaum, in dem Bärklaus Großmutter gestern erst ihren warnenden Fluch ausgestoßen hatte. Nämlich dass besser kein Wikinger, dem sein Leben lieb war, hier jemals hereinfallen sollte ...

Und in genau diesen Laderaum war Hicks soeben gefallen, und als wäre das nicht schon schlimm genug, schlug zu allem Überfluss auch noch die Ladeluke über ihm zu.

Kurze Zeit herrschte Totenstille.

Dann brach die Hölle los.

»AAARRRGGGHHH!«, schrie Norbert gellend. Mit dem Verschwinden der einzigen Person, die ihn nach Amerika lotsen konnte, würden sich auch seine Entdeckungspläne in Wohlgefallen auflösen. »Holt ihn raus! SOFORT! Sie bringen ihn um!«

Aber die Matrosen konnten die Ladeluke nicht öffnen.

Jemand hatte den Schlüssel verlegt und musste ihn erst suchen gehen.

Verzweifelt rüttelten und zerrten Norbert, Kamikazzi und Fischbein an dem Eisengitter, und als sie es nicht aufbekamen, knieten sie sich daneben und spähten hinein, um zu sehen, was dort unten im dunklen Laderaum vor sich ging.

Und was dort vor sich ging, war ein furchtbares Durcheinander. Alle schrien und brüllten wie wild herum. Aber was geschah mit Hicks?

Hicks war hinuntergestürzt, immer tiefer und tiefer … und mitten auf einem Berg von Karotten, Brotresten und Kohlköpfen gelandet, über den sich die Nordwanderer gerade hatten hermachen wollen.

Einen Augenblick lang herrschte geschockte Stille.

Dann folgte ein Wutgeheul.

»Ein Wikinger!«, schrie ein großer Nordwanderer und zerrte wie wild an seinen Ketten.

»Tötet das Gewürm!«, kreischte Bärklaus Großmutter, fletschte die scharf geschliffenen Zähne und packte Hicks am Bein. »Zerquetscht ihn zu Tode!« Dabei stieß sie ein Heulen wie ein Wolf aus.

Ein anderer Wanderer packte Hicks am Kragen und hob ihn hoch. »Es ist eigentlich ein ziemlich **mickriger** Wikinger«, meinte er unsicher und zögerte mit erhobener Faust.

Hicks wusste, dass alle Stämme des Volkes der

Nordwanderer Drachenesisch so gut wie ihre Muttersprache beherrschten.*

Deshalb redete er sie direkt in der Drachensprache an.

»Bitte tötet mich nicht«, flüsterte Hicks.

Einen Moment lang herrschte verblüfftes Schweigen.

»Ein Wikinger, der Drachenesisch spricht?«, wunderte sich Bärklaus Großmutter verdattert.

»Bitte tötet mich nicht«, wiederholte Hicks flehend.

»Und warum nicht, bitte schön?«, fragte Bärklaus Großmutter, nun wieder in ihrem grauenhaft zornigen Tonfall, und starrte ihn mit dem hypnotischen Blick einer gereizten Kobra an. »Deine Leute haben meine Leute schon so lange umgebracht, wie ich mich erinnern kann. Sie haben uns ausgeraubt, uns betrogen und belogen und jetzt verkaufen sie uns auch noch in die Sklaverei. Unsere gesamte Geschichte spricht gegen dich, Wikinger. Nenne mir auch nur einen vernünftigen Grund, warum wir dich nicht töten sollten!«

Hicks hatte noch nie im Leben einen Nordwanderer persönlich kennengelernt und diese alte Frau bot einen furchterregenden Anblick. Ihr wirres, verfilztes Haar stand in allen Richtungen vom Kopf ab wie ein Büschel Stroh und ihre furchtbar grimmigen und düsteren Augen waren in eine unbestimmte Ferne gerichtet, als würde sie dort etwas Entsetzliches sehen.

---

* Im Gegensatz zu den Wikingern, die die Kunst, mit Drachen sprechen zu können, im Laufe der Jahrhunderte verlernt hatten.

Mit ihrer knochigen Hand packte sie Hicks am Nacken. »Du bist ein Wikinger und alle Wikinger sind Gewürm. Sie sind bösartig und brutal und versklaven Drachen und Menschen. Du magst noch jung sein, aber es ist besser, dich hier auf der Stelle umzubringen, bevor du dich zu einer ausgewachsenen Wikingerratte oder einem verschlagenen Wikingerfuchs entwickelst.« Ihre Stimme bebte vor Wut und ihre langen Fingernägel bohrten sich so tief in seinen Hals, dass er wie versteinert nur noch darauf wartete, erwürgt zu werden.

»Wir sind aber nicht ALLE so«, widersprach Hicks.

Beim Sturz durch die Ladeluke war Hicks der Helm vom Kopf gefallen und lag nun neben ihm auf den groben Dielen. Klein Bärklau hatte eine ganze Weile Hicks' helmlosen Kopf fasziniert angestarrt; jetzt deutete er auf seinen roten Haarschopf.

»Schau doch, Oma, er hat keine Hörner.«

»Was soll das heißen?«, fauchte seine Großmutter.

»Du hast gesagt, alle Wikinger sind Teufel mit Hörnern und dass ihre Helme deshalb so komisch geformt sind«, sagte Bärklau. »Aber sieh doch, der hier hat überhaupt keine Hörner!«

»Hmpf!«, schnaubte seine Großmutter verächtlich und fuhr Hicks suchend durch den roten Haarschopf. »Vielleicht ist der hier noch zu klein und hat den Hörnersprung noch nicht hinter sich. Aber glaub mir, *sie sind* da. Hier *spüre* ich ein paar Beulen, aus denen dann wahrscheinlich die Hörner wachsen.«

»Wenn ihr mich am Leben lasst, werde ich euch helfen«, versprach Hicks.

Bärklaus Großmutter lachte bitter auf und rasselte mit ihren Ketten. »Niemand kann uns helfen«, sagte sie und riss ihre düsteren Augen auf. »Wir *sind* VERLOREN ... wir *sind* TODGEWEIHT ... denn ich habe einen Fluch über das Schiff geworfen!«

»Ja, ich habe ihn gehört«, sagte Hicks nervös; zugleich dachte er: *Oh nein, nicht noch eine Irre!* »Aber wir fahren nach Norden, von wo euer Volk kommt, und wenn wir eurem Land näher kommen, werde ich euch helfen zu fliehen.«

Einen Moment lang herrschte Schweigen, dann redeten alle plötzlich ganz aufgeregt durcheinander.

Aber Bärklaus Großmutter blieb misstrauisch. »Wie willst du das machen?«, fragte sie ungläubig. »Du bist doch viel zu klein ...«

»Ich finde *schon* einen Weg«, versprach Hicks. »Da bin ich ziemlich *sicher*, weil ich *so* etwas *schon* einmal gemacht habe.«

Danach herrschte lange Zeit Schweigen. Alle Augen waren auf die Großmutter gerichtet. Sie wiederum starrte Hicks durchdringend an, durchbohrte ihn förmlich mit ihrem Blick, als ob in ihrem Inneren ein Funken

Hoffnung gegen ein gesamtes Leben voller Verbitterung kämpfte.

»Du bist ein Wikinger«, sagte sie nach langem Nachdenken. »Ich denke, du sagst das nur, damit wir dich wieder gehen lassen, und sobald du wieder frei bist, wirst du uns vergessen.«

Sie machte eine Kopfbewegung zur Ladeluke hinauf, an der die Wikinger immer noch rüttelten und zerrten und mit ihren Schwertern vergeblich auf die Eisenstäbe einschlugen.

»Ich geb euch mein Ehrenwort«, verkündete Hicks ernst.

»Das Ehrenwort eines Wikingers ist so viel wert wie ein Staubkorn«, fauchte die Alte verächtlich. »Nämlich nichts.« Doch dann schaute sie ihn nachdenklich an. »Wie heißt du eigentlich, kleiner Wikinger?«

»Hicks der Hartnäckige vom Hauenstein der Dritte«, antwortete Hicks. »Ich bin der Sohn von Bärbeißer dem Gewaltigen, dem Häuptling des Stammes der Räuberischen Raufbolde.«

»Bester Wikinger-Adel«, sagte Bärklaus Großmutter verächtlich, aber bei Hicks' Namen hatte sie gestutzt und schien jetzt noch einmal nachzudenken. »Wie interessant! Eure Gegenwart ehrt uns, König Ratte. König Fuchs.«

Ihr Blick fiel auf ein langes, grausam aussehendes

Eisenwerkzeug, das an einem der Pfosten lehnte. Ein Ende des Werkzeugs war wie ein »S« geformt und offenbar mit dunkelblauer Tinte eingefärbt.

»Na dann, Wikinger«, sagte die Großmutter, »du hast Glück – wir schließen mit dir einen Handel. Aber für dich ist die Sache nicht umsonst. Wir lassen dich frei – aber wir werden dir das Sklavenbrandmal in die Haut stechen. Haltet ihn fest, Wildherz und Steinfuchs …«

»Nein!«, schrie Hicks und wehrte sich verzweifelt.

»Es ist leicht, das Sklavenbrandmal zu geben – aber unmöglich, es wieder zu entfernen«, sagte die Alte und näherte sich Hicks langsam mit dem Werkzeug. Dabei deutete sie verbittert auf das blaue Zeichen auf ihrer eigenen Hand.

»Nehmt ihm den Helm ab«, befahl sie Wildherz und Steinfuchs. »Wir drücken ihm das Mal auf die Schläfe, damit er es vor den teuflischen Wikingern dort oben verbergen kann. Sie dürfen nicht herausfinden, dass er mit uns ein Abkommen geschlossen hat.«

Und so drückte Bärklaus Großmutter das Sklavenmal auf Hicks' Kopf, und zwar ein Stück weit über dem linken Ohr; ein leuchtendes blaues Zeichen, das unauslöschlich war, so ähnlich wie eine Tätowierung.

»Von jetzt an wirst du uns nie mehr vergessen«, sagte Bärklaus Großmutter voller Zufriedenheit.

Endlich hatten es die Wikinger auf dem Deck geschafft, die Ladeluke zu öffnen. Ein Lichtstrahl fiel herab.

Norberts Gesicht erschien; rot vor Wut brüllte er: »WENN IHR IHM AUCH NUR EIN EINZIGES HAAR GEKRÜMMT HABT, VERFÜTTERE ICH EUCH AN DIE HAIWÜRMER! KOMM SOFORT HIER RAUS, JUNGE!«

Ein Seil wurde herabgeworfen.

»Schwöre bei dem Sklavenbrandmal, dass du uns helfen wirst zu fliehen, sonst lassen wir dich nicht gehen!«, flüsterte ihm die Großmutter ins Ohr.

»Ich schwöre«, keuchte Hicks, den Tränen nahe. Dann packte er das Seil mit beiden Händen und wurde sofort nach oben auf das Deck gezogen.

»Siehst du, Großmutter?«, sagte Bärklau aufgeregt. »Wir sind doch noch nicht verloren! Ich habe zu Thor gebetet, dass wir gerettet werden, und so ist es gekommen!«

»Du bist nicht gerettet, Junge, noch lange nicht«, wies ihn die Großmutter streng zurecht.

Die Ladeluke wurde mit donnerndem Krachen zugeworfen. Die Wandererersklaven saßen wieder in absoluter Dunkelheit.

»Und wisch dir die Nase ab«, tönte die Stimme der Großmutter durch den schwarzen Raum. »Eklig, wie dir der Rotz heraustropft!«

9. IM REICH DER POLARSCHLANGEN

Die *Amerikanischer Traum II* segelte stetig und unermüdlich nach Norden. Das Wetter wurde kalt und kälter und dunkler und dunkler, bis sie schließlich durch fast völlige Dunkelheit fuhren. Diese Dunkelheit herrschte nicht etwa nur bei Nacht, sondern auch den ganzen Tag über. Das war das Land der Nordwanderer.

Es war ein unheimliches Gebiet. Eisberge trieben vorbei, höher als der Großmast des Schiffes. Ständig knackten und knirschten sie und manchmal schallte ein gewaltiges Getöse durch den Nebel, wenn ein großer Eisberg auseinanderbarst.

Die Mannschaft wurde immer schweigsamer. Still und leise gingen die Männer ihrer Arbeit nach und sogar Norbert die Hohlnuss schaffte es, sein Gebrüll auf ein drohendes Flüstern herabzusenken, wenn er seine Männer zurechtwies und ihnen mit der Axt der Verdammnis drohte.

Der Grund dafür war, dass sie nun in das Gebiet fuhren, in dem die Polarschlangen lebten.

Polarschlangen waren riesige, vollkommen weiße Drachen, die wie überdimensionale Walrösser auf dem Eis schlummerten. Sie erinnerten Hicks an die Säbelzahn-Zugdrachen, die die Wikinger im Archipel gern vor ihre Schlitten spannten. Nur hatten die Polarschlangen keine Säbelzähne; stattdessen ragte vorn aus ihren Köpfen ein langer, dünner, weißer und unglaublich spitzer Knochenstab heraus, so ähnlich wie das Horn eines Narwals.

Polarschlangen können es unter Wasser ziemlich lange aushalten. Sie schwimmen unter der Eisdecke, unter Eisschollen und Eisbergen hindurch, und wenn sie irgendwo über sich ein Rudel sorglos faulenzender Seehunde oder eine Kolonie von Pinguinen entdecken, stoßen sie mit ihrem langen Horn durch das Eis. Sie sägen rund um die Beutetiere ein Loch, sodass diese direkt in den weit aufgerissenen Schlund der Polarschlange fallen.

Das ist ungemein praktisch und tatsächlich war es ein furchterregender, grausiger, entsetzlicher Anblick, einer Polarschlange zuzusehen, wenn sie von ihrer Fresswut gepackt war. Die Schlangen konnten ein Säugetier schneller bis auf die Knochen abnagen, als es ein ganzer Schwarm Piranhas schaffte, und sie kümmerten sich auch nicht groß darum, was ihnen vor die Stoßzähne geriet: Sie fanden Menschen genauso schmackhaft wie Seehunde.

Vielleicht sogar ein klein bisschen schmackhafter.

Natürlich stellten die Polarschlangen keine Gefahr dar, solange man sich auf einem großen Schiff befand … aber trotzdem musste Hicks ziemlich schlucken, als die *Amerikanischer Traum II* an den Monstern vorbeituckerte. Und es beruhigte ihn auch keineswegs, dass Norberts

Polarschlangen

Wikingerdrachen und ihre Merkmale

Polarschlangen leben im Norden und sonnen sich wie Seehunde auf flachen Eisschollen und Eisbergen. Trotz ihrer Schönheit haben sie eine grausame Ader. Ein Rudel kann sogar einen Eisbären erlegen. Sie nisten in Schneeverwehungen, Eisspalten und auf der Spitze von Eisbergen. Sie erreichen außerordentlich hohe Geschwindigkeiten, wenn sie sich auf die glatten Bäuche legen, die Flügel ausbreiten und mit dem Wind über das Eis surfen.

Bewertung nach Punkten 0-10

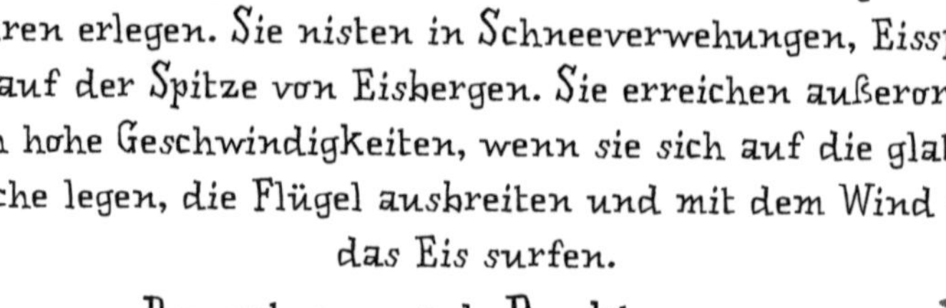

sämtliche Jagddrachen ausnahmsweise brav und außerordentlich kleinlaut auf dem Mast hockten, statt wie sonst dicht über den Wellen Fische zu jagen.

Wie bösartige Geister hockten sie in einer Reihe auf dem Mast und beäugten die Polarschlangen, die wiederum genau so bösartig zurückstarrten.

Nach einer Weile allerdings verlor Norbert ein wenig die Geduld mit den Polarschlangen.

»HÖRT AUF, MICH ANZUGLOTZEN, IHR VERDAMMTEN WEISSEN MADEN!«, brüllte er und drohte ihnen mit der Axt. »SONST STEIGE ICH ÜBER BORD UND HACKE EUCH DIE HÖRNER AB!«

Voller Wut packte er den Eimer mit den Abfällen vom Mittagessen und kippte den Inhalt über Bord.

Keine gute Idee. Sofort wurden die weißen Statuen auf den Eisschollen lebendig. Sie glitten ins Wasser wie riesige Albino-Krokodile – dreißig, vierzig … Hunderte!

In weniger als fünf Sekunden verwandelte sich die Heckwelle des Schiffs in eine weiße Hölle. Hunderte Schlangen schlugen, schlängelten und bissen wild um sich. Die weiße Gischt färbte sich blutrot, als sich die Polarschlangen im Kampf um einen Eimer Futter gegenseitig zerfetzten.

Norberts Stimme sank wieder zu einem Flüstern herab.

Den ganzen Tag lang spürte Hicks das Sklavenbrandmal, das gegen seinen Helm drückte. Nicht einmal

Fischbein und Kamikazzi hatte er davon erzählt, weil ihm klar war, dass er dieses Geheimnis für sich behalten musste. In dieser Hinsicht waren die Gesetze des Archipels absolut unerbittlich: Jeder, der ein Sklavenmal trug, wurde automatisch zum Ausgestoßenen, ob es nun seine Schuld war oder nicht.

Und ganz sicher konnte ein solcher Mensch niemals Stammeshäuptling werden. Nein – wenn Hicks jemals wieder nach Hause zurückkehrte (und das Wörtchen WENN musste man zu diesem Zeitpunkt in Großbuchstaben schreiben), dann würde er das Geheimnis für den Rest seines Lebens für sich behalten müssen. Er durfte niemandem davon erzählen, denn wenn es jemand wie Rotznase herausfinden würde …

Hicks schob den Gedanken ganz nach hinten in seinen Kopf. Im Moment musste er sich voll und ganz auf dringlichere Probleme konzentrieren – nämlich das Problem mit ihrem Fluchtplan.

Tatsächlich war die Sache nun noch viel schwieriger geworden. Wie Kamikazzi so hilfreich erklärt hatte, war es machbar, mit drei Leuten einfach abzuhauen. Aber einhundertzwanzig Leute von einem Schiff zu schaffen, ohne dass die Kidnapper etwas bemerkten, erforderte doch ein bisschen mehr Planung.

»Wir drei könnten ganz leicht abhauen«, beschwerte sich Kamikazzi. »Warum machst du dir jetzt plötzlich so einen Kopf über diese Leute? Sie sind nicht mal Wikinger, sie sind Nordwanderer, um Thors willen. Wenn wir sie befreien, schlachten sie uns womöglich ab, du weißt doch, was sich die Leute über dieses Volk erzählen!«

»Hab ich dir doch schon erklärt«, sagte Hicks mürrisch, »ich musste es ihnen schwören!«

Genervt stieg Hicks ins Krähennest hinauf, um ungestört nachdenken zu können. Dort saß er stundenlang, ließ die Beine herunterbaumeln und grübelte und grübelte und grübelte, während Kamikazzi an der Strickleiter herumturnte und Zahnlos und Sturmfliege einander um den Mast nachjagten.

Mitten in der Nacht …

Mi habbn Wobbliknurr, gansarg.
Ich bin ganz arg hungrig.

Mi issa bäh si issi middadunkel.
Ist mir egal, dass es mitten in der Nacht ist.

Mi willi fiehl Mjam-mjam, itzi!
Ich will etwas zu fressen, sofort!

O mi jodli-kreisch bis in Langtraum-Felsloch!
Sonst schreie ich so laut, dass man es bis nach Walhalla hört!

Mi willi Schlürfischleimers!
Ich will Austern!

Te krigs Schlürfischleimers in Schiffschlummer, ni Problemi!
Du kannst Austern am Hafen kaufen, ist doch kein Problem!

(Eine Dreiviertelstunde später …)

Mi jodli-kreisch, itzi!
Ich schreie gleich!

Ti mi augenblinzli!
Du hast mich aufgeweckt!

Wa ISSI?
Was ist DAS?

Ni issi Schlürfischleimers, issi Schnüffischleim!
Das sind keine Austern, das sind Nasenpopel!

Schnüffischleim mi nächtig Krabblers!
Nasenpopel mit schwarzen Käfern drin!

Mi pfui-bäh nächtig Krabblers, is würgi-würg!
Ich mag keine schwarzen Käfer, die sind eklig!

Mi is willschlaffi, willnix mjam-mjam!
Ich bin zu müde, will jetzt nichts fressen!

10. WAS ZAHNLOS IM KOCHZELT ERLEBTE

Wie sich herausstellte, war es Zahnlos, der die Lösung für das Fluchtproblem entdeckte.

Eines Nachmittags schaute Hicks gedankenverloren vom Krähennest auf das Deck hinunter und entdeckte Zahnlos und Sturmfliege, die gerade aus dem Kombüsezelt geflogen kamen. Offenbar hatten sie sich hineingeschlichen, als der Koch ein Schwätzchen mit Norbert hielt, während der mal wieder vor seiner Großen Amerikakarte stand.

Die beiden kleinen Drachen taumelten mehr oder weniger ziellos durch die Luft. Sturmfliege schillerte in allen Farben des Regenbogens, während sie leise vor sich hin hickste und dabei winzige goldene Rauchexplosionen aus ihrer Nase absonderte. Andauernd vollführte sie Purzelbäume und Überschläge in der Luft.

Zahnlos flog auf dem Rücken; auch er stieß ein Hicks nach dem anderen aus und mit jedem Schluckauf stiegen winzige goldene Bläschen aus seiner Nase.

»Was ist denn mit den beiden los?«, fragte Kamikazzi, die fast aus dem Krähennest fiel, als sie sich weit hinauslehnte, um die chaotische Flugbahn der beiden Minidrachen zu verfolgen.

»Sieht fast so aus als wären sie BETRUNKEN«, meinte Fischbein verblüfft.

Da blieb Zahnlos plötzlich in der Takelage hängen, versuchte freizukommen und verwickelte sich dabei noch mehr in die Seile, während Sturmfliege einen derartigen Kicheranfall bekam, dass sie kaum weiterfliegen konnte.

»Isch ha-ha-hab mich inner L-l-luft ga-ga-gansch verwigg... wigg... wiggelt«, nuschelte Zahnlos. Sturmfliege kugelte sich vor Lachen.

Schließlich gelang es ihnen, Zahnlos wieder flottzubekommen. Sie flogen oder taumelten auf den Mast und das Krähennest zu.

»Wer isch dieser He-he-herr?«, fragte Zahnlos und krachte zum zweiten Mal gegen den Mast. »Schteht m-m-mir immer i-i-im Weg!«

»Zahnlos! Sturmfliege!«, rief Hicks ihnen zu. »Kommt sofort hierher!«

»De-de-der J-j-junge dort oben ruft disch«, erklärte Zahnlos Sturmfliege. »E-e-er ... hoppla ... ’tschuldige ...«

Sie flatterten zum Krähennest hinüber, schafften es aber erst beim dritten Versuch zu landen. Beide kicherten und schwankten und rülpsten und explodierten förmlich mit goldenen Bläschen.

»Was habt ihr jetzt wieder angestellt?«, schimpfte Hicks. »Ich hab dir doch GESAGT, dass du im Kochzelt nichts zu suchen hast!«

»*Ich* war überhaupt nie im Kochzelt. Du vielleicht, Zahnlos?«, sagte Sturmfliege mit höchst unschuldigem Wimpernflattern.

Zahnlos hing mit dem Kopf nach unten in der Takelage. Goldene Blasen stiegen aus seinen Ohren.

»A-a-aber ICH DOCH NICHT!«, verkündete er feierlich, wobei er fürchterlich zu schielen anfing. »Za-za-zahnlos war NICHT im Kochzelt ... Zahnlos hat sagenhaft kö-kö-köstliche Dose Limonade mit den luschdigen Bläschen NICHT aufgemacht ... oooh ... hick ... da kommt noch eine ... HICK!«

Vergeblich suchte sein ziemlich chaotisches Hirn nach einer wirklich guten Ausrede und fand schließlich etwas absolut Überzeugendes: »Za-za-zahnlos war in Rom!«, verkündete er schließlich.

»Ach wirklich?«, fragte Hicks höflich, wobei er Zahnlos vorsichtig umdrehte und ihn in die Arme nahm.

»O-o-oder im Kamin«, fügte Zahnlos hinzu, weil er sich nicht entscheiden konnte, was überzeugender klang. »Mit Za-za-zahnlos' allerbestem Freund, dem S-s-senator.«

Und dann schliefen Zahnlos und Sturmfliege einfach ein, so plötzlich und so tief, dass Sturmfliege sogar von der Maststange herunterfiel und gerade noch rechtzeitig von Kamikazzi aufgefangen werden konnte.

Die beiden kleinen Drachen schnarchten um die Wette wie zwei Grizzlybären im Winterschlaf.

Um ihre kleinen Schnauzen war eine leicht klebrige gelbbraune Flüssigkeit verschmiert.

»Fauldrachendrüsenschleim«, sagte Hicks nachdenklich. »Da unten im Kochzelt steht wahrscheinlich ein ganzer Eimer mit dem Zeug.«

Fauldrachendrüsenschleim war vollkommen harmlos, hatte aber eine betäubende Wirkung. Er wurde aus den Schweißdrüsen der Fauldrachen gewonnen, einer Drachenart, die Tag und Nacht mit dem Kopf nach unten an Bäumen hing und schlief.

»Ein Tropfen davon ins Abendessen und die ganze Mannschaft wird für die nächsten zwölf Stunden oder so schlafen wie … wie … na ja, wie Fauldrachen eben«, sagte Hicks. »Also gut, Leute. Ich glaube, heute Nacht sollten wir unseren Fluchtplan durchziehen.«

11. AUF DER FLUCHT

Der Vollmond schien auf das große Schiff, das gemächlich zwischen den Eisbergen hindurchtuckerte. Die Besatzung der *Amerikanischer Traum II* genoss ihr Abendessen, einen Eintopf, ohne zu ahnen, dass das Gericht mit einer ordentlichen Dosis Fauldrachendrüsenschleim verfeinert worden war.

Hicks hatte sich ins Kochzelt geschlichen und den Schleim direkt in den großen Kochtopf geschüttet. Eine ganze Weile geschah nichts. Die Tobsüchtigen achteten nicht auf die geisterhafte Umgebung, durch die das Schiff fuhr, sondern ließen wieder ihre lauten Gesänge zum bleichen Mond emporsteigen, schlugen den Takt mit ihren Tellern auf den Tisch, während Norbert die Hohlnuss wie verrückt auf seiner Wikingerfiedel spielte. Bald sprangen ein paar Männer auf und vollführten wilde Tobsuchtstänze, während die Polarschlangen still wie Sphinxe vor ihren pyramidenförmigen Eisbergen lagen und das lärmende Durcheinander mit kalten Augen verfolgten.

Doch dann begannen die betörenden Dämpfe des Fauldrachendrüsenschleims allmählich zu wirken und überwältigten einen Tobsüchtigen nach dem anderen. Die Wirkung kam so schnell, dass die Männer mitten im Tanz oder Gesang, beim Essen oder Trinken einfach umkippten, auf das Deck fielen und dort in grotesken Körperhaltungen weiterschliefen.

Norbert begann zu schnarchen, die Fiedel immer noch unters Kinn geklemmt. Glupschaug der Blutrünstige und Bruto Brutalo sanken in inniger Umarmung zu Boden, wobei Bruto scheinbar glaubte, er sei wieder drei Jahre alt und Glupschaug sei seine Mami.

Der Rote Ronald strampelte immer noch auf der Sinkverhinderungs- und Seedrachenverscheuchmaschine, trat aber immer langsamer in die Pedale, bis er schließlich ganz aufhörte und sein Kopf laut schnarchend auf die Lenkstange sank.

Der Schiffskoch kippte kurzerhand mit dem Gesicht nach vorn in die Schnecken- und Quallenpastete, wo er selig weiterschnarchte. (Noch drei Tage danach musste er sich immer wieder kleine Muschel- und Quallenfetzen aus der Nase popeln.)

Hicks, Fischbein und Kamikazzi warteten fünf Minuten, bis alles still war – und dann warteten sie noch mal fünf Minuten, um ganz sicherzugehen, dass alles still war. Dann kletterten sie leise, ganz leise vom Ausguck herunter. Hicks trug den schlafenden Zahnlos in seiner Brusttasche, während Kamikazzi ihre ebenfalls schlummernde Sturmfliege wie einen Fuchspelz um die Schultern trug.

Auf Zehenspitzen schlichen sie über das Deck der *Amerikanischer Traum II*, wobei sie ihren Weg vorsichtig, äußerst vorsichtig zwischen den überall herumliegenden schnarchenden Kriegern suchten. Der widerlich süßliche gelbbraune Rauch aus dem Topf trieb über das Deck und reizte ihre Augen. Vorsichtig löste Hicks den Knoten am Tickdings-Band von Norberts Handgelenk und band es wieder an sein eigenes.

Kamikazzi löste mit ihren flinken, schnellen, schlanken Diebesfingern den großen Schlüsselbund von Norberts Gürtel und schloss die Ladeluke auf, die zu dem großen Laderaum führte, in dem die Wandererasklaven saßen. Alle drei mussten anpacken, um die schwere Luke zu heben, die sich dann endlich mit einem jammernden und entsetzlich lauten *QUIIIIIEEEETSCH!* bewegte.

Hicks und die anderen erstarren, aber niemand wachte auf. Dann warfen sie ein Seil hinab, an dem der Schlüsselbund hing. So laut er es wagte, rief Hicks in die Dunkelheit hinunter, dass sie sofort alle ihre Kettenschlösser aufschließen und so schnell wie möglich heraufklettern sollten.

Die beiden Ersten, die aus der Luke kamen, waren der kleine Bärklau und seine Großmutter.

Bärklau war furchtbar aufgeregt, tanzte um seine Großmutter herum und quiekte immerzu: »ICH HAB'S DIR DOCH GESAGT! WUSSTE ICH DOCH, DASS ER UNS RETTEN WÜRDE! SIEHST DU? NICHT ALLE WIKINGER SIND BÖSE UND WIR SIND NICHT VERLOREN!«

Bärklaus Großmutter war hin und her gerissen. Einerseits freute sie sich, dass sie und ihre Leute befreit worden waren, andererseits ärgerte sie sich, dass ihre Prophezeiung vom Untergang nicht wahr geworden war. Schließlich hört es kein Prophet gern, dass er mit seiner Vorhersage vom Weltuntergang total danebenlag.

»Mmff«, schnüffelte sie verstimmt, »noch *sind* wir NICHT *in* Sicherheit. Wenn auch nur einer von diesen Wikingern aufwacht, *sind* wir *so* tot wie die Dinosaurier … VERLOREN! TODGEWEIHT! Wir alle! Mit einem Fahrschein in die ewigen Fischgründe! Ohne Rückfahrt!«

»Weißt du, wie ihr von hier *aus in* eure Heimat

zurückkommt?«, fragte Hicks, während er besorgt auf das Tickdings blickte. »Und könnt ihr uns dann von dort aus nach Wattnbengel zurückbringen?«

Hicks mochte sich nicht so recht vorstellen, wie jemand die unheimliche, düstere weiße Eiswildnis als Heimat bezeichnen konnte, aber die wilden Augen der Großmutter leuchteten glücklich auf, obwohl sie es sofort zu verbergen suchte. Tief atmete sie die Luft ein, die wie Eisnadeln in die Lungen stach, und schaute in den Meeresdunst hinaus, als sähe sie dort eine vertraute, wunderschöne Landschaft. Schließlich nickte sie. »Ein Wanderer verirrt sich nie. Wir brauchen dein dummes kleines Tickdings nicht, um nach Hause zurückzufinden. Ich hätte diesen idiotischen Wikinger mit der Axt auf dem schnellsten Weg nach Amerika lotsen können, wenn er genug Hirn gehabt hätte, mich zu fragen ...«

Hicks versuchte, die Wasserung der Rettungsboote so leise wie möglich zu organisieren, was natürlich völlig unmöglich war. Stattdessen hüpfte er angespannt von einem Bein auf das andere, während um ihn herum das Geklapper von Rudern und das Quietschen der Seilwinden ertönte. Bei jedem lauten Ruderschlag murmelten und stöhnten die Tobsüchtigen im Schlaf. Alle schliefen zwar, waren aber schwer bewaffnet, mit Schwertern, bösartig geschärften Streitäxten und allen möglichen Arten von Dolchen. Bärklaus Großmutter hatte zweifellos recht, als sie vorhersagte, dass sich die Wikinger bitter rächen würden, wenn sie aufwachten und auch nur einen Wanderer zu fassen kriegten.

Aber anscheinend stand das Glück auf der Seite der Flüchtlinge.

Die sieben Landungsboote klatschten ins Wasser, ohne dass auch nur ein einziger Tobsüchtiger die Augen öffnete.

Die Wanderer stiegen in die Boote und schon stach das erste Boot in See und steuerte direkt in die nebelverschleierte Nacht. Bärklaus Großmutter stand am Bug, aufrecht und hoch aufragend wie eine Statue, und wies mit ausgestrecktem Arm den Weg.

Das letzte Boot war inzwischen ebenfalls voller Flüchtlinge; nur noch Hicks, Fischbein und Kamikazzi waren an Bord des Schiffes.

Fischbein wartete ungeduldig darauf, dass Hicks über die Bordwand kletterte und in das Rettungsboot stieg.

Ein paar Eisberge trieben auf beiden Seiten sehr nahe am Schiff vorbei. Kamikazzi hatte das Steuer übernommen, neben dem der Rote Ronald schnarchte, und steuerte die *Amerikanischer Traum II* äußerst vorsichtig zwischen den Eisbergen hindurch. Die schlafende Sturmfliege hatte sie sich um die Schultern gebunden.

Plötzlich zuckte der kleine Drache im Schlaf zusammen, so heftig, dass Kamikazzi den Griff am Steuerrad verlor … das Rad sich plötzlich drehte … und die

Amerikanischer Traum II eine starke Schlingerbewegung nach links machte …

… und das genau in dem Augenblick, als Hicks an einem Seil über der Bordkante hing und in das kleine Rettungsboot hinabspringen wollte.

»WASZUMTEUFEEEEELLL!!!«, schrie Hicks entsetzt, als das Seil, an dem er hing, weit über das Rettungsboot hinausschwang.

»VERDAMMT! Pass doch auf, Kamikazzi!«, rief Hicks.

Aber Sturmfliege schien einen ungewöhnlich grausamen Albtraum zu träumen, denn sie zuckte und wand sich nun so wild, dass Kamikazzi Mühe hatte, über den vor ihren Augen hin und her zuckenden Drachenschwanz hinauszusehen. In diesen entscheidenden Sekunden verlor sie völlig die Kontrolle über das Steuerrad.

Die *Amerikanischer Traum II* neigte sich stark nach Backbord und schoss gleichzeitig in einem scharfen Bogen herum, prallte gegen einen Eisberg und scheuerte daran entlang, bis sich Sturmfliege wieder beruhigte und Kamikazzi das Schiff wieder unter Kontrolle bekam. Doch als das Schiff gegen den Eisberg prallte, schwenkte das Seil, an dem Hicks hing, in die andere Richtung.

Hicks verlor den Halt und stürzte hinunter, immer weiter hinunter …

12. LLLLAAAAAUUUUFFFF!!!

… und landete ziemlich schmerzhaft auf dem Hintern, und zwar mitten im trauten Kreis einer Polarschlangenkolonie.

Langsam drehten die Polarschlangen die Köpfe um hundertachtzig Grad, ungefähr so, wie Eulen ihre Köpfe drehen, und fixierten den unerwarteten und uneingeladenen Besucher mit kalten Blicken.

»Oh … o-o-okay«, stotterte Hicks, »jetzt mal langsam, ihr Polarschlangen … ihr *netten* Polarschlangen … ihr *freundlichen* Polarschlangen … wir wollen doch nichts überstürzen … was für hübsche, scharfe Hörner ihr doch habt …«

»Perfekt, um dich damit aufzussspießßßen«, säuselte die Polarschlange, die Hicks am nächsten lag.

»LLLLAAAAAUUUUFFFF!!!«, brüllte Kamikazzi vom Deck der *Amerikanischer Traum II* herab.

Das musste sie Hicks nicht zweimal sagen.

Er sprang auf die Füße und rutschte und schlitterte über das glatte Eis.

Die Polarschlangen hatten eine einzigartige Methode, sich auf den Eisschollen zu bewegen, und Hicks hätte sie sicher dafür bewundert, wenn er nicht so damit beschäftigt gewesen wäre, sein Leben zu retten. Die Hälfte der Polarschlangenkolonie breitete die Flügel aus, sodass sie

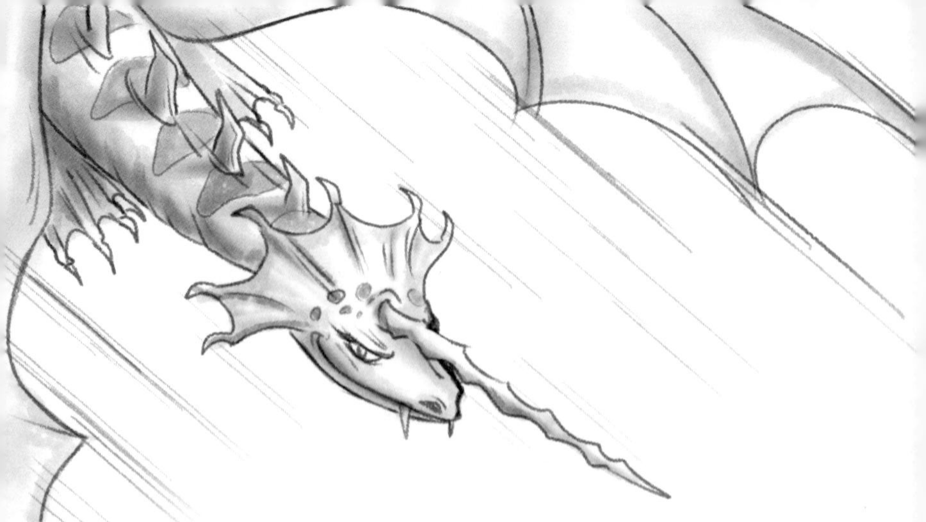

wie ein Segelschiff im Wind aussahen, streckten die Klauen vor sich aus und ließen sich vom Wind auf ihren glatten Bäuchen über die Eisscholle treiben. Mit nach vorn gereckten Spießhörnern schossen sie über das Eis. Die übrigen Schlangen glitten so schnell und leise wie Alligatoren ins Wasser und machten sich unter der Eisscholle auf die Jagd nach dem unerwartet vom Himmel gefallenen Fleischbrocken.

»Nicht hinfallen! Nicht hinfallen!«, bettelte Hicks, der Zahnlos eng an seine Brust presste, damit er ihm beim Rennen nicht unter dem Wams hervorrutschte. Hinter sich hörte er die Polarschlangen näher kommen. Ihre

Krallen erzeugten auf dem Eis ein durchdringendes, kratzendes Geräusch, wie Fingernägel an einer Schultafel. Durch das klare Eis sah er die Schatten der anderen Polarschlangen, die ihn von unten her einkreisten.

Die *Amerikanischer Traum II* scharrte immer noch am Eisberg entlang.

»Warte, Hicks!«, brüllte Kamikazzi am Steuerrad. »Wir holen dich da raus!«

Aber Hicks hatte nicht die Absicht zu warten. Er lief um sein Leben, schneller, als er jemals im Leben gelaufen war.

»Mmmfff«, schnaubte Bärklaus Großmutter. »Das sieht jetzt aber gar nicht gut für ihn aus.« Sie schnalzte mit der Zunge. »Ts, ts, ts. Er weilt nicht mehr lange auf dieser Welt, denkt an meine Worte. Er ist VERLOREN, TODGEWEIHT, sage ich euch, VERLOREN!«, schallte ihre Stimme hohl über das Meer.

Das schien unter den gegebenen Umständen eine ziemlich wahrscheinliche Vorhersage.

ZZZZIIIIRRRR – RRRRUUUUMMMMPSSSS!

Ein großes Horn stieß wie ein Speer durch das Eis, direkt vor Hicks' Füßen.

In allerletzter Sekunde konnte er noch ausweichen.

ZIRRR – RUMMMPSSS!!! ZIRRR – RUMMMPSSS!!! ZIRRR – RUMMMPSSS!!!

Schnell hintereinander schossen weitere Hornspitzen durch die Eisdecke, sodass Hicks Slalom laufen musste.

»Töte sie!«, brüllte Kamikazzi schrill.

Und tatsächlich: Fischbein hatte eine von Norberts großen Harpunenarmbrüsten aufgehoben, die auf dem Deck herumlagen. Bis heute streiten sich die Gelehrten, wie Fischbein auf die Idee kam zu glauben, er könne FÜNFZIG Polarschlangen mit einer einzigen Harpune kaltmachen, aber jedenfalls zielte er in ihre Richtung. Allerdings hielt er die Armbrust verkehrt herum, nämlich so, dass der Harpunenpfeil unten lag, und presste die Augen zu. Als er die Harpune abschoss, ließ er die Armbrust los, die durch den Rückstoß über das Deck geschleudert wurde und sich unter der Bordwandkante verkeilte.

Die Harpune selbst schoss durch die Luft und verfehlte die Polarschlangen um mindestens zehn Meter. Dafür flog sie sehr zielsicher auf Hicks zu und hätte ihn wohl mitten in die Brust getroffen, wenn das Seil, an dem sie befestigt war, lang genug gewesen wäre. Doch so kam die Harpune mitten im Flug abrupt zum Halt und fiel klappernd auf die Eisscholle.

»Warum schießt ihr auf mich?«, schrie Hicks, während er weitersprintete. »Ich hab doch schon genug Probleme!«

Die Harpune schlitterte vor ihm über das Eis und sprühte kleine Schneewirbel auf.

»Ach so … jetzt verstehe ich …«, keuchte Hicks und warf sich auf die Harpune, die dabei war, vom Seil zurückgezogen zu werden.

Aber er schaffte es nicht. Sie glitt im selben Augenblick davon, als er sie packen wollte.

»Großer Thor! Aua …! Ich könnte ein bisschen HILFE gebrauchen … Bitte …!«, bettelte Hicks, das Kinn im Eis, während er der Harpune nachschaute.

Doch heute schien der Große Gott Thor blind und taub zu sein. Die Polarschlangen glitten zum Todesstoß heran, gewaltige Flammen schossen aus ihren Nasen und hätten Hicks beinahe verkohlt.

Aber Hicks kam noch einmal auf die Füße. Die Harpune war inzwischen außer Reichweite und mit ihr seine letzte Hoffnung, auf das Schiff zurückzukommen. Die Eisscholle erstreckte sich endlos. Hicks konnte den Polarschlangen nicht davonlaufen; sie waren schneller und kamen immer näher. Links sah er eine gewaltige Eisklippe aufragen, in der eine riesige, dunkle Höhle gähnte wie das aufgerissene Maul eines Ungeheuers.

Hicks schwenkte nach links ab und rannte in die Höhle hinein.

Die Polarschlangen folgten.

Er konnte ihre Krallen über das Eis klicken und kratzen hören, hörte ihr schnelles Keuchen, so nahe, dass sie schon fast nach dem tickenden Ding greifen konnten, das hinter ihm über das Eis hüpfte. Sie waren wie Katzen, die hinter einem Leckerbissen hersprangen, der an einer Schnur vor ihnen hergezogen wurde.

Was ist da vorn?, dachte Hicks verzweifelt. *Oh Großer Wotan, oh Thor der Donnerer … ich flehe euch an, macht, dass es keine senkrechte Eiswand ist. Lasst die Höhle keine Sackgasse sein … bitte … denn das wäre mein Tod …*

Es *war* eine senkrechte Eiswand.

Aber als Hicks näher kam, sah er, dass es keine glatte Wand war, sondern dass sie Risse und Kerben und Nischen hatte, vorstehende Simse und Eisknoten, und wenn er es schaffte, daran hinaufzuklettern, bevor ihn die Polarschlangen erwischten, würde er dort oben doch bestimmt einen Tunnel finden … oder so was …

Es sei denn …

Oh Zuckender Muskel und Zitternde Vierfüßer und Juckende Kralle und Kleine Nasenhaarbüschel des Großen Donnergottes Thor!!!

Es war überhaupt keine Wand. Es war ein DRACHE!

Hicks rannte schnurstracks, mit höchster Geschwindigkeit, so schnell er laufen konnte, auf einen wahrhaft gewaltigen schlafenden Seedrachen zu, der so immens war, dass sein Kopf die gesamte Höhle ausfüllte.

Hicks bremste abrupt ab.

Das hätte er nicht tun sollen. Er kam ins Rutschen, schlitterte über das Eis, fiel auf den Bauch und rutschte weiter, direkt auf den Drachen zu, und versuchte vergeblich abzubremsen, bevor er gegen das monströse Ding prallte – denn er wollte es definitiv NICHT aufwecken.

Hicks kam gerade noch rechtzeitig, eine Handbreit von der gewaltigen Schnauze entfernt, zum Stillstand. Er hielt den Atem an und verharrte bewegungslos.

Das Tickdings, das an seinem Handgelenk festgebunden war, blieb jedoch nicht bewegungslos. Durch den Schwung, mit dem es an seiner Schnur hinter Hicks hergezerrt worden war, wurde es noch immer vorangetrieben, hüpfte hoch über Hicks' Kopf hinweg, höher und höher, vollführte einen weiten Bogen ... und landete scharf und präzise auf dem geschlossenen Augenlid des schlafenden Seedrachen, gerade so, als wolle es höflich, aber bestimmt an einen Fensterladen klopfen.

»Oh Junge ... oh Junge, Junge, Junge ...«, flüsterte Hicks entsetzt, zog das Tickdings an der Schnur zu sich heran und wickelte die Schnur um das Handgelenk.

Das Augenlid zuckte. Aber es blieb geschlossen. Hicks trat vorsichtig den Rückzug an.

»Bitte bleib zu ... bleib zu ... schlaf weiter ... bitte«, murmelte Hicks.

Urplötzlich flog das Auge auf.

Im Dunkel der Höhle war es, als hätte jemand einen großen gelben Suchscheinwerfer eingeschaltet. Hicks wurde von dem starren grellen Auge schier geblendet.

Wie schnell doch aus Jägern Gejagte werden. Eine Sekunde verging, dann wirbelte Hicks herum und rannte schnurstracks auf die gierigen Mäuler und Klauen der Polarschlangen zu. Diese wurden davon scheinbar ganz schön verwirrt, denn normalerweise waren sie

es nicht gewohnt, dass ihnen ihre Beute entgegenspazierte … bis sie merkten, dass das grelle Licht weiter hinten in der Höhle das Auge eines gigantischen und keineswegs mehr schlafenden Seedrachens war.

Die heranschlitternde Polarschlangenmeute brach in Jaulen, Kreischen und Schreien aus. Die vordersten bremsten abrupt ab, woraufhin die nachfolgenden wie ein Rudel Wölfe ineinanderprallten, übereinanderrutschten und in einem riesigen chaotischen Haufen von wimmelnden Schlangenkörpern und wild schlagenden Flügeln endeten. Doch sie entwirrten das Knäuel ihrer Leiber mit verblüffender Schnelligkeit, wickelten sich hektisch auseinander und rasten in die entgegengesetzte Richtung davon – und Hicks raste hinter ihnen her, wobei seine Arme und Beine wie die Kolben einer Schiffsmaschine unter Volldampf arbeiteten.

Hinter ihnen war plötzlich ein grauenhaftes Knurren zu hören, das immer lauter wurde …

RRROOOAAARRR!

Inzwischen war es Kamikazzi gelungen, die *Amerikanischer Traum II* vom Eisberg wegzumanövrieren. Das Schiff war jetzt ein Stück weit vom Eisberg entfernt und Kamikazzi versuchte gerade gegenzusteuern, um sich dem Eisberg wieder anzunähern.

Fischbein blickte über die Schulter – und sah zu seiner Verblüffung, wie die gesamte Meute der Polarschlangen aus der Höhle herausschoss wie große weiße Eispfeile.

Verfolgt wurden sie von Hicks, der ebenfalls schneller lief, als Fischbein seinen Freund (oder überhaupt einen Menschen) jemals hatte rennen sehen.

»Was … was geht denn jetzt ab?«, fragte Fischbein völlig baff, merkte aber sofort, dass – was immer es war – etwas ganz, ganz Schlechtes bedeuten musste.

Die Fläche des Eisbergs erstreckte sich vor Hicks, viel zu breit und lang, um sich in Sicherheit bringen zu können. Es gab nichts, das ihm Zuflucht hätte bieten können, keine Felsen, keine Bäume, keine Tunnel.

Eigentlich war es ziemlich sinnlos weiterzurennen.

Aber der junge Wikinger und die Polarschlangen rannten trotzdem weiter – vielleicht hofften sie, ihren Tod noch für einen Augenblick, vielleicht auch nur für einen Wimpernschlag, hinauszögern zu können.

Denn zu Fischbeins unendlichem Entsetzen erschienen jetzt zwei enorme gelb leuchtende Augen im dunklen Loch der Eishöhle.

Was auch immer dahinterlag, es war GIGANTISCH.

Etwas, das so aussah wie ein Berg mit Flügeln, platzte nun förmlich durch den Eingang der Höhle. Die ganze Eisklippe explodierte wie ein Vulkan aus Schnee und Eisbrocken, als dieses GIGANTISCHE ETWAS herauskrachte. Trümmer über Trümmer, dicht wie ein Hagelsturm, prasselten ringsum ins Wasser. Eine riesige Masse geballter Energie erhob sich daraus, ein Etwas, das nun den enormen Schlund aufriss und ein so gewaltiges Triumphgebrüll über das Eismeer schallen ließ, dass es sicher bis nach Amerika zu hören war.

Das Ding war so gewaltig, dass sein gewaltiger Leib sogar den Mond verdeckte, als es durch die Luft schnellte und mit ohrenbetäubendem Gebrüll auf der flachen Eisscholle landete, über die der winzige Hicks und die im Vergleich ebenfalls ziemlich kleinen Polarschlangen flohen.

Es war so gewaltig, dass unter seinem enormen Gewicht die gesamte Eisscholle in Tausende Eisbrocken zerschmettert wurde. Große scharfkantige Eisstücke, jedes einzelne so groß wie ein Wikinger-Blockhaus, wurden senkrecht in die Höhe geschleudert. Wasserfontänen schossen in den Nachthimmel. Und auch Hicks und die Polarschlangen wurden in die Höhe katapultiert.

Die Polarschlangen flogen in alle Richtungen, während Hicks immer weiter in die Höhe stieg … und in weitem Bogen ü-ü-ü-ü-über den Kopf des Monsters hinwegflog.

Der Seedrache schaute Hicks nur verblüfft hinterher, und während er selbst in das Meer zurücksank … flog Hicks immer weiter über die Wellen … bis hin zur *Amerikanischer Traum II* … die er natürlich ganz knapp verfehlte und stattdessen direkt neben dem Schiff in das eiskalte Wasser stürzte.

Das Schiff rauschte an ihm vorbei und sicherlich wäre Hicks in kürzester Zeit im Eismeer erfroren, hätte sich nicht zufällig der Widerhaken der Harpune, die Fischbein mit so großer Zielsicherheit abgeschossen hatte und die das Schiff nun hinter sich herzog, im Rückenteil von Hicks' Wams verhakt und ihn mit sich gerissen wie einen Fisch an der Angel.

Zug um Zug hangelte sich Hicks an der Harpunenleine hoch, bis er die ausgestreckten Hände von Fischbein und Kamikazzi zu fassen bekam und sich von ihnen auf das Deck der *Amerikanischer Traum II* hieven ließ, die mit ihrer noch immer schnarchenden Crew in Richtung Westen tuckerte. Und als er über die Bordwand rutschte, nass, halb erfroren, mit rasendem Herzen wie ein todgeweihtes Kaninchen, und auf dem Deck zusammenbrach, konnte er es kaum glauben, dass er noch am Leben war.

»Die Maschine!«, stieß er keuchend hervor, raffte seine letzten Kräfte zusammen und lief zu der Sinkverhinderungs- und Seedrachenverscheuchmaschine hinüber. »Hilf mir mal, diesen Kerl da herunterzuholen, Fischbein.«

Die beiden jungen Wikinger zerrten den bewusstlosen Roten Ronald vom Sitz. Hicks blickte sich ängstlich um. Der Seedrache war zwar unter den Trümmern des Eisbergs verschwunden, aber – und er hoffte wirklich, es war nur Einbildung – konnte er dort nicht eine lang gestreckte weiße Gestalt sehen, die unter der Wasseroberfläche dahinschoss? Eine Gestalt, die eine weiße Bugwelle vor sich herschob und dann UMKEHRTE und nun wieder in ihre Richtung zurückkam?

Hicks stieg mit zittrigen Füßen in die Pedale und begann, wie wild zu strampeln. Die Maschine jaulte wütend auf, dann setzte sich der lächerliche trompetenähnliche Trichter in Bewegung und drehte sich immer schneller.

»Hast du nicht behauptet, die Maschine sei völlig nutzlos?«, keuchte Fischbein.

»Na ja, ich kann nur hoffen, dass ich mich geirrt habe«, keuchte Hicks. »Denn sonst sind wir so gut wie TOT.«

»Volldampf voraus!«, schrie Kamikazzi gellend übers Deck, rannte ans Steuerrad zurück und steuerte die *Amerikanischer Traum II* vom Eisberg-Trümmerhaufen weg.

»Ich … glaub … das … Ding … funktioniert … tatsächlich …«, keuchte Hicks.

Nur Thor mochte wissen, wie das Ding wirklich

funktionierte*, aber offensichtlich tat es das, denn die weiße Bugwelle des Dings unter Wasser wurde langsamer … immer langsamer … und noch langsamer … und drehte schließlich ab. Man mag sich darüber streiten, ob Norberts irre Maschine tatsächlich ein Schiff vorm Sinken bewahren konnte, aber sie war jedenfalls nicht ganz so irre und nutzlos, wie sie aussah – denn offenbar konnte sie in der Tat einen Gigantischen Seedrachen verscheuchen.

Mit einem gewaltigen Seufzer der Erleichterung warf Hicks einen Blick über die Schulter, ohne mit dem Strampeln aufzuhören – und musste mit ansehen, wie die sieben Rettungsboote, in denen die Wanderer saßen, in die entgegengesetzte Richtung flohen. Sie ruderten, als sei der leibhaftige Teufel hinter ihnen her.

»He!«, brüllte Hicks voller Entsetzen. Er duschte Fischbein mit Meerwasser, als er mit patschnassen Armen hinter den Rettungsbooten herwinkte. »Fischbein, übernimm hier mal«, befahl Hicks, »und HÖR JA KEINE SEKUNDE LANG AUF ZU STRAMPELN, um Thors willen!«

Hicks und Fischbein tauschten die Plätze; Hicks rannte über das Deck und schrie: »Lasst uns nicht zurück! Was macht ihr denn? Kommt und holt uns!« Wütend

* In seinen späteren Memoiren vermutete Hicks, dass der »trompetenartige« Trichter einen bestimmten Ton hervorbrachte, der zu hoch war, um von Menschen gehört zu werden, für Tiere jedoch unerträglich war. Anderen Quellen zufolge war das Gehör der Gigantischen Seedrachen so scharf, dass es sogar das Atmen eines Shrimps aus mehreren Meilen Entfernung noch hören konnte. Das wäre eine Erklärung dafür, warum die Drachenverscheuchmaschine bei den großen »Mammut-Drachen« funktionierte, nicht jedoch bei den kleineren Drachen wie den Polarschlangen.

drehte er sich zu Kamikazzi um. »Kamikazzi – dreh um und verfolge sie!«

»Bist du denn komplett BESCHEUERT?«, schrie Fischbein. »Was ist mit dem RIESENDING? Wir müssen so schnell wie möglich von hier verschwinden!«

Hicks legte die Hände als Trichter vor den Mund und brüllte übers Meer: »WOHIN GEHT IHR?« Aber seine Stimme verhallte im Dunst, der sich immer dichter über das Eismeer legte und in dem ein Rettungsboot nach dem anderen verschwand. Hicks verließ jeglicher Mut. Er konnte nicht fassen, wie ungerecht diese Welt war. Nach ALLEM, was sie für die Wanderer getan hatten, nach ALLEM, was sie riskiert hatten, um sie aus der Sklaverei zu befreien! Und nun ruderten sie davon und ließen sie im Stich!

»IHR FEIGLINGE!«, schrie Kamikazzi über die Schulter. »IHR GELBÄRSCHE! VERRÄTER!«

Ein paar Minuten lang beobachtete Hicks noch das letzte Boot, das am Rand des Dunstschleiers wartete, bis alle anderen Boote im Nebel verschwunden waren. Und vorn am Bug stand Bärklaus Großmutter, aufrecht und gerade ragte sie empor und schaute bewegungslos zu ihnen herüber.

Und dann verschwand auch sie im Nebel.

IHR FEIGLINGE!
IHR GELBÄRSCHE!
VERRÄTER!

13. NUN WAREN SIE IN *SEINEM* REVIER

Mit den Wanderern verschwand auch ihre letzte Hoffnung auf eine Flucht von der *Amerikanischer Traum II*.

Alle einhundertneunzehn Wandererklaven waren entkommen.

Nur nicht Hicks, Kamikazzi und Fischbein.

Ganz im Gegenteil.

Hicks hatte Bärklau gerettet. Aber wer würde Hicks retten? Es war klar, was sie in den nächsten Stunden zu tun hatten – nämlich verhindern, dass das große Schiff im Nebel in einen Eisberg krachte. Als sich der Nebel allmählich lichtete, war es fast Morgen; sie hatten das Gebiet der Eisberge hinter sich gelassen und waren in das Große Westmeer hinausgefahren, und die Tobsüchtigen begannen, sich allmählich zu regen.

Es war fast nicht zu glauben, dass sie das alles verschlafen hatten, aber genau das war der Fall. Und sogar Zahnlos hatte nicht einmal mit der Wimper gezuckt, sondern hatte glücklich und zufrieden geschnarcht, während Hicks von den Polarschlangen gejagt, über Eisschollen geschlittert und in eiskaltes Wasser geworfen worden war.

Der Rote Ronald wachte als Erster auf und entdeckte, dass Kamikazzi an der Sinkverhinderungs- und

Seedrachenverscheuchmaschine saß und wie wild strampelte.

»Ich verrate Norbert nichts, wenn du auch die Klappe hältst«, sagte Kamikazzi, stieg von der Maschine und ließ den Roten Ronald wieder aufsteigen.

Der Rote Ronald war dermaßen jämmerlich dankbar, dass er fast in Tränen ausbrach, denn er wusste: Wenn der Boss herausfand, dass Ronald an der Maschine eingeschlafen war, würde Ronald auf der Stelle Bekanntschaft mit der falschen Seite der Axt der Verdammnis machen.

Hicks band das Tickdings wieder an Norberts Handgelenk, sodass er niemals erfahren würde, dass Hicks es hatte klauen wollen. Danach kam Hicks der Gedanke, dass sie alle wohl besser außer Reichweite von Norberts Axt sein sollten, wenn dieser aufwachte und entdeckte, dass sich seine sämtlichen Sklaven über Nacht irgendwie in Luft aufgelöst hatten.

Nachdem Hicks' Klamotten endlich getrocknet waren, stiegen die drei Wikinger wieder ins Krähennest hinauf, um die weitere Entwicklung der Dinge abzuwarten. Sie schliefen sofort ein, und schmiegten sich um die beiden ebenfalls schlafenden Drachen, die ähnlich wie Wärmflaschen wunderbare Wärmewellen verströmten.

Erst als Norberts wütende Stimme über das Schiff schallte, wachten sie wieder auf. Natürlich war Norbert zuerst absolut sicher, dass alles ganz allein Hicks' Schuld war.

»DIESER VERFLUCHTE KLEINE ROTHAARIGE ROTZER! ICH HÄTTE IHN SOFORT ABSCHLACHTEN SOLLEN, ALS ICH DIE GELEGENHEIT HATTE!«, schrie Norbert die Hohlnuss außer sich vor Wut. »ER IST MIT SÄMTLICHEN SKLAVEN AUSGEBÜXT!!!«

Hicks schob den Kopf über die Kante des Krähennests.

»Nein, bin ich nicht!«, rief er hinunter. »Ich bin hier oben …«

Aber Norbert war dermaßen wütend, dass er mit der Axt ausholte und sie mit voller Wucht in den Mast krachen ließ, als wollte er einen Baum fällen. Ein großes Holzstück splitterte heraus. »WAS HAST DU MIT MEINEN SKLAVEN GEMACHT???!!!«, tobte er.

»Ich habe NICHTS mit deinen Sklaven gemacht!«, rief Hicks hinunter. »Wenn, dann wäre ich ja wohl mit ihnen geflohen!«

Das war eigentlich ein ziemlich einleuchtendes Argument, aber Norbert war nicht in der Verfassung, auf einleuchtende Argumente zu hören. Er hackte noch einmal einen großen Splitter aus dem Mast.

»He, mach mal langsam«, rief Hicks besorgt. »Wir brauchen

den Mast noch und außerdem bin ich der Einzige, der das Tickdings lesen kann und uns nach Amerika lotsen kann, oder nicht? Ohne *mich* kannst du das Kaiserreich Cholerika nicht gründen und wirst nicht Kaiser Norbert der Erste!«

Äußerst mühsam brachte sich Norbert wieder unter Kontrolle und hörte auf, den Mast zu fällen. Nichtsdestotrotz hielt Hicks es für ratsam, noch eine Weile im Krähennest zu bleiben, bis sich Norbert vollends beruhigt hatte.

Zahnlos und Sturmfliege wachten erst viel, viel später wieder auf, als die Sonne schon hoch am Himmel stand. Die beiden kleinen Drachen konnten sich an absolut gar nichts erinnern, was inzwischen geschehen war.

Das Schiff fuhr längst über das Große Westmeer. Die Welt ringsum bestand nur noch aus Wasser. Nichts als Wasser, ringsum, überall.

Es war, als hätte eine große Flut eingesetzt und jedes noch so winzige Stückchen Land überspült. Es gab nichts als Wasser unter ihnen und Wolken über ihnen und mittendrin tuckerte eine winzige Nussschale dahin wie ein kleiner Käfer auf einer unendlichen Glasscheibe.

Den Wikingern kam es so vor, als hätten sie die Welt endgültig hinter sich gelassen und segelten nun durch ein riesiges Nichts oder durch das Weltall, ein einsames Raumschiff auf der Suche nach einem anderen Planeten. Kein Mensch weit und breit. Sie waren ganz allein, allein in einem Universum aus Wasser, das sich in unendliche Weiten erstreckte.

Aber vielleicht waren sie doch nicht *ganz* allein.

Denn irgendwann dämmerte ihnen, dass es da etwas geben könnte, das dem Schiff *folgte*.

Von hoch oben im Krähennest waren Hicks, Fischbein und Kamikazzi die Ersten, die es bemerkten. Es war die weiße Bugwelle eines GIGANTISCHEN Meeresungeheuers.

»SEEDRACHE ÜBER ACHTERN AM HORIZONT!«, brüllte nun auch Norbert unten auf dem Deck. »IN DIE PEDALE! SCHNELLER! SONST WERFE ICH EUCH MIT MEINEN EIGENEN HÄNDEN DEM MONSTER ZUM FRASS VOR!!!«

Die Besatzung wechselte sich an der Sinkverhinderungs- und Seedrachenverscheuchmaschine ab. Die Wikinger traten mit aller Kraft in die Pedale, so schnell, dass die Speichen und Zahnräder erst zu jammern, dann zu kreischen anfingen und schließlich heißliefen. Der seltsame Trichter wirbelte so schnell im Kreis, dass es aussah, als würde er jeden Moment weggeschleudert.

Aber der Seedrache ließ sich nicht verscheuchen. Der Ton mochte für ihn zwar so unerträglich grell sein, dass er gezwungen war, in sicherer Entfernung zu bleiben, aber er brachte ihn nicht dazu, die Jagd abzubrechen.

Und den ganzen Rest des Tages und die ganze Nacht hindurch verfolgte das Seeungeheuer die *Amerikanischer Traum II*.

Die Crew schlief an ihren Kampfstationen, mit all ihren Waffen, Helmen und Schilden aufrecht sitzend, die Harpunen schussbereit.

Und sobald sie die Augen schlossen, war die lange weiße Linie am Horizont und der große gezackte Rücken das Letzte, was sie sahen. Sie wurden von einem der GANZ GROßEN verfolgt, einem der tödlichsten Schrecken der Tiefsee, der offenbar entschlossen war, ihnen ein grausiges Ende zu bereiten.

Sie waren in SEIN Revier eingedrungen …

… und ER war verärgert.

Eigentlich musste der Seedrache gar nicht viel tun. Er musste sich nur ein wenig gedulden. Das Einzige, das ihn davon abhielt, seiner Beute den Todeskuss zu verpassen und mit seinem mächtigen Kiefer und den gewaltigen Klauen die *Amerikanischer Traum II* wie ein Kinderspielzeug in Stücke zu zerreißen, war eine halb kaputte und völlig überlastete Maschine.

Eine Maschine, die immer überlasteter und kaputter aussah, je stärker die bulligen Wikinger in ihre Pedale traten und das ohnehin allmählich auseinanderfallende Gerät fast zu Schrott strampelten. Wenn nur noch eine weitere Schraube von einem der Zahnräder abfiel, würde das surrende Trichterdings jaulend von der Maschine geschleudert werden …

Nicht auszudenken, was *dann* passieren würde. Das war ein Albtraum, den in dieser Nacht ALLE träumten.

Hicks' Herz legte ein paar Extraschläge ein, als er am Morgen aufwachte und zum Horizont blickte – und die weiße Bugwelle des Seedrachen sah. Das Monster verfolgte das Schiff immer noch.

Leise stieg er vom Krähennest herunter und schlich zum Steuerdeck hinüber, wo Norbert stand und durch sein Glasdings den Horizont beobachtete.

»Norbert«, sagte Hicks zögernd, »ich hab so ein Gefühl, dass uns der Seedrache aus irgendeinem Grund nicht besonders mag. Was meinst du, wäre es nicht besser, umzukehren und nach Hause zurückzufahren?«

Einen Moment lang hatte Hicks den Eindruck, Norbert habe ihn gar nicht gehört, denn er starrte weiter zum Horizont und murmelte vor sich hin: »Das … ist der größte Seedrache, den ich JEMALS gesehen habe …«

Dann nahm er das Glasdings vom Auge und starrte Hicks an. »Kein Drache, so groß er auch sein mag, wird mir meinen Traum wegnehmen«, stieß Norbert die Hohlnuss hervor und schüttelte die Faust vor Hicks' Nase. »Ich werde diesem Ding mit meiner Axt persönlich den Adamsapfel aus der Kehle hacken, wenn es sein muss! Hast du mich verstanden, Rotkopf?«

Hicks nickte stumm.

»TOD oder AMERIKA!«, brüllte Norbert die Hohlnuss über das Deck. »Und jetzt lies mir den Kurs von diesem Tickdings ab und hör mit deinen verräterischen Reden auf!«

Danach kletterte Hicks verzweifelt ins Krähennest zurück und erzählte seinen Freunden die schlechten Nachrichten.

»Es wird immer schlimmer … das ist ein unendlicher Albtraum«, jammerte Fischbein. »Wir hätten locker fliehen können, aber nein, du musstest natürlich erst noch hundertneunzehn Wanderer befreien, klar, das war sehr nett von dir, dabei sind sie nicht mal Wikinger …«

»Ich hatte es ihnen versprochen«, murmelte Hicks automatisch.

»Schau doch, wie sie es dir gedankt haben!«, wies ihn Fischbein zurecht. »Du hast hundertneunzehn *nicht nette* und *vollkommen fremde* Leute gerettet, aber dabei deine beiden besten Freunde dem Tod geweiht. Spitzenleistung, Kumpel. Absolut spitze. Irgendwelche Fluchtpläne, Kamikazzi?«

Doch sogar Kamikazzi, die im Grunde schon jedem Stamm im Archipel entflohen war, schien die Hoffnung verloren zu haben, dass sie aus dieser Lage entkommen konnten: Ihr fiel kein einziger Fluchtplan mehr ein. »Ich glaube, im Moment ist das Schiff für uns der sicherste Platz. Da draußen wartet ein Seedrache auf uns. Was meinst du, Hicks, ist das derselbe, der dich im Land der Polarschlangen gejagt hat?«

»Ganz sicher. Ich erkenne seine Rückenzacken. Allerdings: Solche haben eigentlich nur Drachen, die längst ausgestorben sind.«

»Er sieht mir nicht sehr ausgestorben aus«, meinte Fischbein. »Was für eine Art Drache ist er denn?«

»Weiß ich nicht«, antwortete Hicks nachdenklich. »Ich konnte es im Dunkeln nicht erkennen, aber er ist jedenfalls keine Art, die ich kenne. Er erinnert mich an Drachen, die in den alten Geschichten erwähnt werden – vielleicht ein Leviathorgan oder ein Gargonzola Magnus …?«

»Aber das sind doch Kreaturen aus der Sagenwelt, dachte ich?«, fragte Kamikazzi. »Du weißt schon – nicht echt, erfunden, so wie Einhörner und Meerjungfrauen und solche Sachen?«

»Vielleicht sind nicht *alle* erfunden«, antwortete Hicks. »Vielleicht wurden sie nur seit langer Zeit nicht mehr gesehen. Nur weil wir nicht wissen, wie die Maschine dort drüben funktioniert, heißt es noch lange nicht, dass sie nicht funktioniert. Nur weil wir Amerika noch nie gesehen haben, heißt das noch lange nicht, dass es Amerika nicht gibt. Wir befinden uns jetzt in Gewässern, die wir nicht kennen und die wir nicht gewohnt sind, nämlich mitten im Großen Westmeer. Hier unten, tief im Meer, könnten alle möglichen Kreaturen lauern, von denen wir keinen blassen Schimmer haben.«

Das war kein sehr erfreulicher Gedanke.

Um nicht völlig den Mut zu verlieren, dachten sie darüber nach, was wohl ihre Familien gerade zu Hause taten. Inzwischen musste der Stamm der Raufbolde längst wieder auf Wattnbengel zurück sein. Sie spielten sicher gerade Bumsball im Schlamm, bereiteten die Frühjahrsschur der Schafe vor oder strichen die Boote für die Fischfangfahrten im Sommer.

»Wer wohl das Freundschaftswettschwimmen der Stämme gewonnen hat?«, fragte sich Fischbein laut.

»Meine Mutter ist Weitschwimmmeisterin des Archipels! Sie ist Berta die Unsinkbare!«, sagte Kamikazzi. »Sie hat es bestimmt tagelang im Wasser ausgehalten.«

»Und warum kann nicht mein Vater gewonnen haben?«, fragte Hicks, voller Vertrauen in den Kampfgeist von Bärbeißer. »Er ist genauso gut im Schwimmen wie Berta …«

»NIE UND NIMMER!«, rief Kamikazzi.

Und so stritten sie sich hin und her, obwohl es ihnen in ihrer verzweifelten Lage völlig egal sein konnte, wer den Wettkampf gewonnen hatte – aber es half ihnen wenigstens, sich die Zeit zu vertreiben. Und es half ihnen, nicht daran denken zu müssen, was hier auf dem Schiff wohl bald passieren würde.

Sie konnten natürlich nicht wissen, dass weder Hicks' Vater noch Kamikazzis Mutter überhaupt vom Strand losgeschwommen waren und dass infolgedessen weder der eine noch die andere den Wettkampf gewonnen hatte …

… an jenem schicksalsschweren Morgen vor mehreren Wochen …

14. WAS SICH IM MORDSGEBIRGE WEITER EREIGNET HATTE

Mehrere Wochen zuvor, weit entfernt im Mordsgebirge, hatte es so ausgesehen, als würde Irrwürg der Mörderische als Siegreicher Letzter vom Wettschwimmen zurückkommen. Einundvierzig Stunden lang hatte er dort draußen im kalten Wasser ausgeharrt, was auf jeden Fall eine fast übermenschliche Leistung war, selbst wenn man berücksichtigte, dass er sich mit einer dünnen Schicht Tefflonisches Tieflila Fleischbeißer-Lebertranöl eingeschmiert hatte.

Eine jubelnde Menge von Wikingern aller Stämme begrüßte ihn, als er mit stolzgeschwellter Brust aus den Wellen ans Ufer schritt, die Hände siegreich erhoben. Faulzahn ging ihm ausnahmsweise ein paar Schritte voraus, denn sonst wäre *er* der Siegreiche Letzte gewesen.

Der Oberschiedsrichter, der traurige kleine Haudraufbold, eilte zum Strand, um Irrwürg zu begrüßen. Er überreichte ihm die Goldmedaille sowie eine Pfeife, die sich Irrwürg sofort in den Mund rammte, um dann auf dem Strand unter dem donnernden Applaus der Wikinger seinen Siegessprung zu vollführen.

Faulzahn verneigte sich vor dem Hohen Unparteiischen Wettkampf-Schiedsgericht der Stämme. »Mein Meister begrüßt das Schiedsgericht und beansprucht den

Sieg, da er als Letzter aus dem Schwimmwettkampf zurückgekehrt ist. Nach den Wettkampfregeln steht es ihm als dem Siegreichen Letzten zu, dass die beiden unterlegenen Stammeshäuptlinge Bärbeißer und Berta seine Siegesforderung erfüllen.«

Der arme Bärbeißer saß auf dem Strand, den Kopf in die Hände gestützt. Er war normalerweise kein Mann, der sich große Sorgen machte, aber im Moment machte er sich welche, nämlich um seinen Sohn Hicks. Entschlossen sprang er auf und röhrte: »Aber Hicks ist noch nicht zurück! Mein Sohn könnte immer noch zurückkehren und den Siegespreis selbst beanspruchen!«

Das war eine ziemlich verzweifelte Hoffnung, aber Bärbeißer klammerte sich buchstäblich an jeden Strohhalm. Irrwürg grinste und es war wie immer kein angenehmes Grinsen, schon deshalb, weil er nicht mehr sehr viele Zähne im Mund hatte. Er grunzte etwas in Faulzahns Ohr.

»Mein Meister möchte mit allem Respekt darauf hinweisen«, erklärte Faulzahn mit kurzen Verneigungen vor Bärbeißer und Berta, »dass Bärbeißers Sohn Hicks, Bertas Tochter Kamikazzi sowie der seltsam aussehende Junge, der Fischbein genannt wird, höchstwahrscheinlich schon in den ersten Stunden des Wettschwimmens ERTRUNKEN sind …«

»NEIN!«, brüllte Bärbeißer mit einer Mischung aus Angst und Wut.

Die Mitglieder des Hohen Unparteiischen Wettkampf-Schiedsgerichts der Stämme nickten sich weise und traurig zu. Das schien unter den gegebenen Umständen die plausibelste Erklärung, warum die drei Jungwikinger noch nicht zurückgekehrt waren.

»Das ist korrekt«, nickte der Oberrichter ernst. »Denn Rotznase Rotzgesicht hier berichtet, dass sowohl er selbst als auch Stinker der Dussel beobachtet hätten, dass Hicks und die beiden anderen Kinder in ernsthafte Schwierigkeiten geraten sind. Rotznase habe versucht, ihnen zu Hilfe zu kommen ...«

»Wir haben unser Bestes gegeben«, sagte Rotznase traurig und edel, »hatten aber selbst größte Schwierigkeiten, uns gegen die Strömung zu wehren, und wurden schließlich abgetrieben. Stimmt doch, Dussel, nicht wahr?«

Dussel grunzte und nahm aus Trauer über den unersetzlichen Verlust den Helm ab.

»Es ist wahrlich eine Tragödie«, fuhr Rotznase seufzend fort, »denn Hicks war für mich fast wie ein Bruder ...«

Bärbeißers trauriges Aufstöhnen war fast nicht zu ertragen. Er wandte sich ab und verbarg das Gesicht in den Händen.

»Keine Sorge, Bärbeißer«, sagte Berta ein bisschen unbeholfen, wobei sie ihm mit der Pranke tröstend auf den gebeugten Rücken hieb, »meine Kamikazzi ist bei ihm. Du kannst dich darauf verlassen, dass sie immer einen

Ausweg findet … sie würde es sogar schaffen, aus der Walhalla auszubüxen …«

»Und deshalb fordert nun Irrwürg seinen Siegespreis ein«, verkündete Faulzahn mit öligem Lächeln. »Und was er fordert, sind die Königreiche von Bärbeißer und Berta, wobei die beiden Häuptlinge auf der Stelle zum Himmelsfriedhof auf den Klippen gebracht und dem Himmelsdrachen geopfert werden sollen!«

»WAAAAAASSS???!!!«, brüllten die Raufbolde und die Sumpfdiebe außer sich vor Wut. Auf dem Strand entstand gewaltiger Aufruhr.

»Aber … aber … das ist doch … unerhört!«, stotterte Berta die Prallbusige. »*Das* kann er nicht ernsthaft verlangen!«

»Ich hoffe doch sehr, dass du dein Wort nicht brechen willst, Berta!« Faulzahn wackelte drohend mit dem Finger. »Sei kein schlechter Verlierer! Ich nehme an, wenn DU gewonnen hättest, hättest du auch von Irrwürg verlangt, dass er deine Forderung erfüllt …«

»Das ist doch nur ein Freundschaftswettkampf! Wir wollten von Irrwürg nur fordern, dass er in einer Badewanne und mit einer rosa Unterhose auf dem Kopf durch das trübe Meer paddelt!«, schrie Berta verärgert.

»Dann seid ihr ganz schön bescheuert«, lächelte Faulzahn. »Und Irrwürg verlangt nur, was Bärbeißers eigener Urahn, Grimmbart der Abscheuliche, von Irrwürgs Urahn gefordert hatte, damals in der Schlimmen Alten Zeit …«

Alt Faltl hatte schon eine geraume Weile versucht, sich in den Streit einzumischen. Endlich stand er auf und räusperte sich.

»Es gibt da ein kleines Problem, Meister Schnauf von Keuchschleim«, sagte Alt Faltl zum Oberrichter. »Ich möchte euch allen daher jene Geschichte aus der Schlimmen Alten Zeit in Erinnerung rufen, nämlich die Sage von Grimmbart dem Abscheulichen und dem Wettschwimmen. Nur für den Fall, dass es hier Leute gibt, die sie noch nicht kennen.«

Die Sage von

GRIMMBART DEM ABSCHEULICHEN

und dem

WETTSCHWIMMEN

Grimmbart der Abscheuliche war Bärbeißers Ururgroßvater, ein bösartiger, aber erfolgreicher Pirat und der letzte König des Archipels. Eines Tages forderte Häuptling Mordhand der Prächtige Grimmbart zu einem Wettschwimmen heraus und die beiden Häuptlinge kamen überein, dass der Besiegte dem Sieger einen einzigen Wunsch erfüllen müsse.

Und so starteten sie eines kalten Morgens vom Weststrand des Mordsgebirges. Mordhand kehrte nach genau einundsiebzig Stunden und zweiundvierzig Minuten an den Strand zurück, also nach fast drei Tagen. Sein Gesicht war zur doppelten Größe angeschwollen und sein ganzer Körper war so aufgeweicht und runzlig, dass er aussah, als hätte man ihn in Salzwasser gepökelt.

Der gesamte Stamm der Raufbolde wartete am Strand und hoffte und hoffte und hoffte auf die Rückkehr des Häuptlings. Nach einer Woche sahen sie jedoch ein, dass Grimmbart vermutlich ertrunken war, woraufhin Mordhand und seinem Stamm der Totschläger der Sieg zuerkannt wurde.

Mordhand forderte das Königreich des Archipels als Siegesprämie und das war, wie alle glaubten, das Ende der Geschichte. Aber drei Monate später hielten die Totschläger ein Abendbankett am selben Strand ab. Höhepunkt war ein Menschenopfer unter freiem Sternenhimmel.

Kurz bevor das Opfer geschlachtet werden sollte, taumelte Grimmbart der Abscheuliche aus den Wellen. Er war kaum noch wiederzuerkennen: halb Mensch, halb Meeresungeheuer, mit einer Haut wie ein Drache, schuppig und von Seetang überdeckt. In seinen Fußknöcheln steckten abgebrochene Haifischzähne, so dicht, dass es aussah, als trüge er Fußreifen.

Grimmbart taumelte auf den Strand und brach zusammen. Mordhand zog sein Schwert und wollte die Gestalt töten, die er für einen bösen Dämon hielt ... bis er sah, dass das Ungeheuer ein Schwert am Gürtel trug – das berühmte Schwert Sturmblitz, das Grimmbart dem Abscheulichen gehörte.

Die ersten Worte, die Grimmbart hervorbrachte, als er um Atem ringend auf dem Strand lag, sind so berühmt, dass jedes Schulkind der Raufbolde sie voller Stolz aufsagen kann:

»Halte ein, Mordhand der Prächtige, denn ich bin kein Geist! Denn ich, Grimmbart der Abscheuliche, habe die größte Durchhaltekraft bewiesen! Ich habe das offene Meer überlebt und dem Willen des Gottes Thor entsprechend nahm ich Zuflucht weder zu Schiff noch zu Floß! Und so kehre ich als Letzter zurück und ich forderte dein Königreich für meinen Stamm der Räuberischen Raufbolde!«

Ich fürchte berichten zu müssen, dass Grimmbart der Abscheuliche kein netter Mensch war, denn er bestand darauf, dass Mordhand der Prächtige den Himmelsdrachen geopfert werden müsse. Im Gedenken an dieses historische Ereignis wird das Wettschwimmen der Stämme des Archipels jedes Jahr veranstaltet, aber im Laufe der Jahre wurde es immer mehr zu einem freundschaftlichen Wettkampf.

»Da seht ihr's!«, rief Faulzahn triumphierend. »Hundert Jahre lang haben wir Totschläger auf unsere Rache warten müssen! Jetzt endlich ist die Zeit gekommen und unsre Ehre wird wiederhergestellt!«

»Unterbrich mich nicht immer!«, blaffte ihn Alt Faltl an. »Nun war Grimmbart sicherlich vieles – ein Schwindler, einer, der sich auf Kosten anderer einen Scherz erlaubte, sogar ein Betrüger. Aber er stellte einen absolut verblüffenden Rekord auf und kehrte als SIEGREICHER LETZTER an diesen Strand zurück, und zwar, wie das Hohe Schiedsgericht gerne in der Sage nachlesen kann, nach genau drei Monaten, fünf Tagen und sechs Stunden! Und in unserem Wettkampf fehlen immer noch drei Teilnehmer, nämlich Hicks, Fischbein und die sehr kleine Sumpfdiebin namens Kamikazzi. Wenn also Grimmbart der Abscheuliche so lange dort draußen im Meer bleiben konnte, dann könnte das auch, *technisch gesehen,* auf unsere drei Teilnehmer zutreffen … Und das heißt, dass wir von jetzt an noch mindestens drei Monate, drei Tage und elf Stunden warten müssen, ob sie nicht doch noch zurückkehren, bevor Irrwürg seinen Preis einfordern darf.«

Die Zuschauer stöhnten auf.

Die Hohen Unparteiischen Wettkampf-Schiedsrichter der Stämme steckten die Köpfe zu einer »Denkmiesmuschel« zusammen und flüsterten aufgeregt miteinander.

Das dauerte eine Weile, doch dann zog der Oberrichter,

Meister Schnauf von Keuchschleim, den Kopf aus der Denkmiesmuschel, richtete seine schmächtige Gestalt, so gut es ging, auf und schlug auf eine mit Menschenhaut bespannte Trommel. »DAS HOHE UNPARTEIISCHE SCHIEDSGERICHT DER STÄMME verkündet nunmehr SEIN HÖCHST UNPARTEIISCHES URTEIL bezüglich des Siegers im diesjährigen Wettschwimmen der Stämme: Sofern sich Irrwürg der Mörderische im Allgemeinen an die Wettkampfregeln gehalten hat, sind ein gewisses Ausmaß an Schummelei und gewisse Tricksereien durchaus zulässig, denn solche Dinge sind für echte Wikinger ein völlig normales und sogar respektables Verhalten.«

Das wurde vom Totschläger-Stamm mit Jubelrufen beantwortet.

Und von den Raufbolden und Sumpfdieben mit Buhrufen.

»Ich bin noch nicht fertig!«, bellte der Oberrichter. »Irrwürg der Mörderische wird beauftragt, Bärbeißer den Gewaltigen und Berta die Prallbusige bis auf Weiteres in Gewahrsam zu nehmen. Wir Richter vom Hohen Unparteiischen Wettkampfgericht werden hier am Strand ausharren, um nach den drei vermissten Wettkampf-Teilnehmern Ausschau zu halten. Ihr Übrigen könnt nach Hause zurückkehren. In genau drei Monaten, fünf Tagen und sechs Stunden, vom Start des Wettkampfs an gerechnet, werdet ihr euch wieder an diesem Strand hier einfinden. Wenn nach Ablauf dieser Frist keiner der drei Vermissten lebend dem Meer entstiegen ist, wird Irrwürg der Mörderische zum SIEGREICHEN LETZTEN erklärt. Dann werden die Insel Wattnbengel sowie die Sumpfdiebinseln in Irrwürgs Besitz übergehen und Bärbeißer sowie Berta werden, fürchte ich, den Himmelsdrachen geopfert werden …«

Der Oberrichter schlug mit aller Kraft seinen Stab auf den Boden. Und damit war das Urteil rechtskräftig.

Die drei Richter setzten sich an den Strand und begannen ihre geduldige Wacht. Egal wie das Wetter war – Wind, Regen, Hagel oder Sturm –, sie saßen unbeirrbar am Strand und starrten auf das Meer hinaus.

Traurig und bedrückt kehrten die Stämme der Raufbolde und Sumpfdiebe auf ihre Inseln zurück.

Und so war es gekommen, dass Bärbeißer und Berta keineswegs Bumsball im Schlamm spielten, nicht die Frühjahrsschur der Schafe vorbereiteten und auch nicht die Fischerboote für das Ausfahren im Sommer neu strichen, wie Hicks es sich vorgestellt hatte.

Vielmehr lagen sie im tiefsten und dunkelsten Kerker des riesigen Labyrinths von Verließen gefangen, die die Totschläger im Lauf der Jahrhunderte in das Mordsgebirge gegraben hatten. So eng und niedrig war ihr Kerker, dass sie kaum mit den Muskeln zucken konnten.

Doch in Bärbeißers Kerker gab es ein winziges vergittertes Loch, durch das er einen prächtigen Blick über das Große Westmeer genießen konnte. Manchmal schlief er vor diesem Fenster ein, nachdem er unendlich lange Zeit auf das Meer hinausgeblickt hatte, und träumte davon, dass sein Sohn noch am Leben sei und nun über das Meer zurückgeschwommen käme. Aber wenn er dann wieder aufwachte, war es nichts als ein Traum gewesen und er sah nur wieder das weite graue Meer, Meilen und Meilen von Wasser, nichts als Wasser, das sich in die unendliche Ferne erstreckte, und hörte nichts als den einsamen Schrei der Möwen …

15. ICH WAR NOCH NIEMALS IN AMERIKA

Nun folgt der Teil der Geschichte, der von Hicks' Reise über das Große Westmeer* handelt.

Es würde aber viel zu lange dauern zu beschreiben, was in jeder Minute, jeder Stunde, an jedem Tag passierte.

Tausende Meilen fuhr das Große Schiff über das Meer. Durch das wütend rauchende Drachenfeuer in seinem Innern wurde es schneller vorangetrieben, als es die Segel allein vermocht hätten. Manchmal fuhr es unter der brütenden Sonne, auf spiegelflachem Wasser und bei Windstille, dann wieder in Stürmen und peitschendem Regen, sodass es auf den weiß schäumenden Wellenkämmen auf und nieder ritt wie ein riesiges galoppierendes Pferd.

Die Reise über das Große Westmeer ist wirklich eine sehr, sehr lange Reise. So lange, dass es Hicks so vorkam, als würde er über den Rand der Welt hinausfahren und in die Ewigkeit stürzen. Und durch all den Wind, die Sonne, den Regen, die Stürme, den Frost und das Schneetreiben folgte der große Meeresdrache dem todgeweihten Schiff, als sei es ein Planet, dessen Mond ihn unerbittlich und immer enger einkreist.

---

* Heute unter der Bezeichnung Atlantik oder Atlantischer Ozean bekannt.

Die Tobsüchtigen waren noch immer gesund und munter, verschlangen das gepökelte und geräucherte Rentierfleisch mit großem Appetit und spülten es mit ordentlichen Schlucken Bullenblut und starkem Krautbier hinunter. Sie waren bester Laune und immer zu kleineren Rangeleien aufgelegt, die aber manchmal ein bisschen aus dem Ruder liefen. Oft wurde das gesamte Deck zur Kampfzone, in der die Fäuste nur so flogen. Norbert musste manchmal direkt eingreifen, um zu verhindern, dass sie das ganze Schiff zu Kleinholz zerlegten. Dann stürmte er mitten durch die Kämpfenden, die Axt der Verdammnis wie den Propeller einer seiner irren Erfindungen hoch über dem Kopf schwingend, und sorgte wieder für Ruhe und Ordnung.

Wenn sie sich nicht gerade verprügelten, sangen die Tobsüchtigen tage- und nächtelang. Sie sangen von ihrem bequemen, sicheren Zuhause, vom treuen Blick ihrer geliebten Wabbelbaucha, von Grimmhildas ausdrucksvollem Kinn, von Hammerlindes liebevollen, wunderbar schwieligen Händen … Und sie sangen von den Reichtümern, die sie aufhäufen, und dem Blut, das sie vergießen würden – in der Neuen Welt namens Amerika.

Und wenn sie dann endlich sturzbetrunken einschliefen, erschienen in ihren wirren Träumen Landkarten, auf denen die lange ersehnten Schätze dieses neuen Paradieses verzeichnet waren.

Für Norbert war Amerika das GOLDENE LAND, in dem

alles, was er erfand, reibungslos wie ein Uhrwerk funktionierte. Es war ein Reich, über das er, auf einem goldenen Thron sitzend, eine goldene Krone auf dem Kopf und eine goldene Axt in der Hand, als Kaiser herrschte.

Der kleine Zahnlos hatte da allerdings ganz andere Vorstellungen – er träumte von einem Land voller wunderbarer Leckerbissen, in dem es vor kleinen, haarigen Lebewesen nur so wuselte, sodass man kaum eine Kralle heben musste, um sie zu fangen. Man musste nur einfach die kleinen zahnlosen Kiefer aufsperren und schon schubsten und drängelten sie sich gegenseitig aus dem Weg, um so schnell wie möglich gefressen zu werden, und rutschten einem dann vergnügt quietschend in den kleinen Magen …

Fischbein träumte von einer Welt, in der niemand gezwungen wurde, Bumsball im Schlamm zu spielen.

Für Kamikazzi war es ein Land voller Schwertkämpfe, Kidnappings und irrer, haariger Gegner, die man ärgern, beklauen und austricksen konnte.

Und was Hicks anging …

Nun, so seltsam es auch klingen mag … Hicks' geträumte Landkarte

von Amerika hatte ziemlich große Ähnlichkeit mit einer kleinen Insel namens Wattnbengel.

Hicks, Kamikazzi und Fischbein schliefen nachts oft direkt neben dem warmen, großen Schornstein. Und die Tage verbrachten sie hoch oben am Mast im Krähennest, spielten in der Takelage mit ihren kleinen Drachen Fangen und kamen nur herunter, wenn Hicks das Tickdings lesen musste, oder um zu essen.

Das Schiff tuckerte inzwischen in südwestlicher Richtung. Das Wetter wurde wärmer, bald konnten alle ihre Fellwämser ablegen und am Krähennest zum Trocknen aufhängen.

Und der gigantische Seedrache folgte dem Schiff immer noch.

Die knarrende, quietschende, klappernde Drachenverscheuchmaschine wurde immer klappriger; nur ein paar alte Seilstücke und alter, stark verrosteter Draht hielten sie zusammen.

Bei jeder Pedalumdrehung jaulte sie, als würde der trompetenähnliche Trichter jeden Augenblick davonfliegen …

… aber wie durch ein Wunder drehten sich die Pedale und rotierte der Trichter immer noch …

… *noch*.

Jeden Abend kurz vor Sonnenuntergang rief Norbert Hicks in sein Zelt, um das Tickdings zu lesen. Unruhig marschierte er über das schaukelnde Deck vor all seinen Karten hin und her und jeden Tag wurde er noch ungeduldiger, schlug die Hände voller Frust zusammen und murmelte: »Wir sind fast da! Fast da!«, bis ihm Hicks erklärte, dass sie an diesem Tag wieder nur so und so wenige Meilen zurückgelegt hatten. Nein, man konnte nicht gerade behaupten, dass Norbert ein sehr geduldiger Mann war. So lange auf die Thronbesteigung in seinem Kaiserreich Amerika warten zu müssen, brachte ihn schier um den kläglichen Rest seines Verstands.

In seinem Zelt stand ein Miniaturmodell der *Amerikanischer Traum II,* wunderbar in allen Einzelheiten gefertigt. Es war ein echtes Meisterstück des Modellschiffsbaus, das jedoch vom Kiel bis zum Mast nur etwa acht Zentimeter hoch war. Es hatte eine voll funktionsfähige Takelage, komplett mit Mast, Baum, Segel und Krähennest, und der Name auf dem Bug war so winzig, dass er wohl von einem Floh geschrieben worden sein musste. Norbert hatte die Gewohnheit, das Modellschiff mit der goldenen Seite seiner Axt über die Karte des Großen

Westmeers zu schieben, jeden Tag nach den Angaben, die Hicks von dem Tickdings ablas, sodass er immer genau sehen konnte, wo im Großen Westmeer sich das Schiff gerade befand. Und jeden Tag rückte es ein winziges Stückchen weiter vor, auf die lange Linie zu, die Norbert in die Karte eingezeichnet hatte. Es war die Küstenlinie des Landes, das er »AMERIKA« genannt hatte und wenn man der Karte und dem Tickdings glaubte, war sie jetzt nur noch ein oder zwei Tagesfahrten entfernt. Norbert konnte seine Aufregung kaum noch im Zaum halten.

Hicks dagegen war nicht aufgeregt, sondern wurde immer unruhiger. In seinem Magen ballte sich die Angst zu einem harten Knoten zusammen, wann immer er an das dachte, was Norbert ihm angedroht hatte: dass er und seine beiden Freunde nur so lange am Leben bleiben durften, bis Norbert ihn nicht mehr brauchte, um das Tickdings zu lesen. Je näher sie nun der Küste Amerikas kamen, desto bösartiger wurden die Blicke, die Norbert immer wieder zu ihm hinüberschoss. Und noch schlimmer war, dass Norbert irgendwann damit angefangen hatte, die dunkle, rostige Schneide seiner Axt sehr sorgfältig zu schleifen, sodass sie nun samten und schwarz wie poliertes Ebenholz glänzte. Dabei flüsterte er seiner Axt immer wieder zu: »Nicht mehr lange, mein Liebling … bald wird dein Hunger gestillt …«

Das gefiel Hicks überhaupt nicht, deshalb beschloss

er, nun auch seinerseits gewisse Vorbereitungen zu treffen. Er schickte Kamikazzi los, um ihre Waffen zurückzustehlen – wahrscheinlich würden sie sie ziemlich bald brauchen.

Trotzdem löste sich der Knoten in Hicks' Magen nicht mehr auf, im Gegenteil: Er wurde jeden Tag härter. Vor allem, als er am nächsten Tag die Mannschaft vor dem Kochzelt beobachtete. Die Tobsüchtigen waren in höchst erwartungsvoller Stimmung und schmetterten ihre Lieder mit größter Begeisterung:

Hinter dem Meer, dort liegt ein Land,
ein Land voller Silber und GOLD!
Setzt die Segel und fahrt bis zum Strand
und holt euch so viel, wie ihr WOLLT!

Voll Silber und Gold ist die neue Welt,
wir leben in Saus und BRAUS!
Wir fressen und saufen, wie's uns gefällt,
sonst fahr'n wir wieder nach HAUS!

16. LAND IN SIIICHT!!!

Ein Sturm braute sich zusammen.

Düstere, unheilvolle Wolken schoben sich immer weiter über den Himmel, als ob die Götter selbst Kopfschmerzen hatten. Der Wind ging in heftige Böen über und bald schaukelte das Schiff im immer stärker werdenden Seegang.

Plötzlich zuckte ein gewaltiger Blitz auf und erhellte den dunkelgrauen Himmel.

Und in dem grellen Aufblitzen sah Hicks sehr deutlich den schwarzen, gezackten Rücken des großen Seedrachen am Horizont.

Und ganz genau in dem Augenblick, in dem der Blitz über den Himmel zuckte, ertönte vom Krähennest auf dem Vordermast ein Aufschrei reinster Freude: »NORBERT!!! LAND IN SIIICHT!!!!!«

Sofort stürzten sämtliche Tobsüchtigen zum Bug und rangelten um die vordersten Plätze, denn jeder wollte als Erster die Küste des geheimnisvollen »Amerikas« sehen. Und der erste Anblick war tatsächlich genauso wunderbar, wie sie ihn sich immer erträumt hatten.

Über ihnen brach zwar der Sturm mit voller Gewalt los und der Regen strömte über ihre Gesichter, während das Schiff auf den Wellenbergen schwankte. Aber am Horizont erstreckte sich eine unendliche Linie, ein

Landstreifen, so weit das Auge reichte. Im hellen Sonnenlicht unter dem blauesten Himmel lag es: AMERIKA!!!

Das Land der Träume – es existierte also wirklich.

Kaum war Norberts Blick auf das Land gefallen, zu dem er so lange unterwegs gewesen war, hatte er auch schon die Axt aus dem Gürtel gezogen. Endlich war es Zeit, den Akt der alten Rache auszuführen.

»Und NUN, Hicks der Hartnäckige vom Hauenstein der Dritte«, rief Norbert die Hohlnuss grinsend und seine irren Augen leuchteten auf, »nun brauch ich DICH nicht mehr … Jetzt ENDLICH wirst du das scharfe Ende der Axt der Verdammnis zu spüren bekommen … MACH DICH BEREIT FÜR DEN TOD!!!«

Hicks sprang auf ein Fass, damit ihn alle sehen und hören konnten. »TÖTE MICH NICHT, NUR WEIL ICH ROTE HAARE HABE, NORBERT!«, brüllte Hicks, so laut er konnte.

Die Tobsüchtigen, die sich immer noch vorn am Bug drängten, drehten sich erstaunt um.

»Was geht da ab?«, wollte Bruto Brutalo wissen, dessen Kopf ein prächtiger, dicker Schopf feuerroten Haares zierte.

»Was redest du da?«, fragte Norbert verblüfft.

»NORBERT WILL KEINE ROTHAARIGEN IN SEINEM GELOBTEN LAND HABEN!«, schrie Hicks. »DESHALB WILL ER ALLE ROTHAARIGEN MIT DER AXT DER VERDAMMNIS ERSCHLAGEN, BEVOR WIR LANDEN!«

Wie es der Zufall so will, hatten ausgerechnet die rothaarigen Mitglieder des Tobsüchtigen-Stammes – und das waren nicht wenige – am meisten unter Norberts cholerischen Anfällen und seinen verrückten Experimenten leiden müssen. (So hatte Norbert beispielsweise Bruto Brutalo und Glupschaug den Blutrünstigen SIEBENUNDZWANZIG MAL mit seiner verrückten Flugmaschine vom Mast springen lassen und jedes einzelne Mal war die Flugmaschine zwei Minuten nach dem Start mit ihnen ins Meer gestürzt, was den beiden rothaarigen Piloten überhaupt keinen Spaß gemacht hatte.) Deshalb ist es kein Wunder, dass die Rothaarigen, als sie das hörten, meuterisch zu murren anfingen und ihre Schwerter zückten.

Dagegen hatten sich die Tobsüchtigen mit blonden Haaren schon immer insgeheim als etwas Besseres gefühlt. Auch sie spitzten jetzt die Ohren: Gab es eine bessere Gelegenheit, dafür zu sorgen, dass ein ganzer Stamm von Blondköpfen das neue Land bevölkerte und dort eine neue Zukunft aufbaute, mit Kindern, deren Haare blonder waren als die Weizenfelder?

Also zogen auch die Blonden die Schwerter und innerhalb weniger Augenblicke – und zu Norberts grenzenloser Verblüffung – fielen die Rothaarigen und die Blonden des Tobsüchtigen-Stammes übereinander her.

Es wurde eine furchtbare, grausame Schlacht. Thors Donnergrollen erschütterte das Himmelsgewölbe, die schwarzen Sturmwolken entluden sich sintflutartig und scharfzackige Blitze zerrissen die Wolkendecke und schlugen mit überirdischer Macht in die wogende See. Riesige Gischtfontänen sprühten auf, gewaltige Brecherwellen stürmten heran, rollten über das Deck und rissen die Kämpfenden von den Füßen.

Kamikazzi stellte sich neben Hicks und kämpfte mit ihm gegen Norbert.

»DU, NORBERT«, höhnte Kamikazzi, »hast nicht mehr Hirnmasse im Kopf als eine Qualle! Als Anführer bist du eine totale Nullnummer! Und für einen Kaiser bist du ungefähr so geeignet wie ein Kaninchen für den Lateinunterricht! Du könntest kein Reich regieren, das größer ist als ein Klohäuschen! Du erbärmlicher *Amerikator* …«

Kamikazzis Beleidigungen lenkten Norbert so ab, dass er Hicks' plötzlichen Herzschlenzer-Angriff kaum hatte kommen sehen und er den Schwerthieb nur mit knappster Not parieren konnte.

Und während er vollauf damit beschäftigt war, Hicks' wütende Angriffe zu parieren, schlich sich Kamikazzi von hinten an ihn heran und kitzelte ihn erbarmungslos unter den Achseln.

»Oooh, was für hübsche Muskeln, Norbert! Treibst du heimlich Sport?«

Norbert heulte auf vor Wut und schwang sein Schwert nach Kamikazzi, aber die sprang sofort zurück und tauchte unter dem Schlag hindurch.

GAAAAAAHH
Kille Kille!

»Wer wird denn gleich so wütend werden!«, rief Kamikazzi, und das brachte Norbert so sehr zur Weißglut, dass er Hicks' Doppelten Überdreher erst bemerkte, als ihm die Schwertspitze den unteren Teil des Bartes abschnitt. Mittlerweile hatte sich Kamikazzi unter Norberts linken Arm geschlichen, ihm das Tickdings aus der Wamstasche gefischt und das Band durchgetrennt, mit dem es an seinem Handgelenk festgebunden gewesen war.

»Gehört das etwa DIR?«, fragte Kamikazzi und ließ es vor ihm hin und her baumeln. »Ts, ts, ts«, schnalzte sie mit der Zunge, »du solltest unbedingt besser darauf aufpassen, sonst klaut es dir am Ende noch jemand …«

»GIB ES HER! SOFORT!!!«, brüllte Norbert und schlug wie wild in ihre Richtung.

»Komm doch und hol es dir!«, neckte ihn Kamikazzi mit einem hämischen Singsang, ließ kurzerhand das Tickdings wie ein Lasso um den Kopf kreisen und wirbelte es gegen Norberts Nase. Dann warf sie es Hicks zu, der es gekonnt auffing und in seine Tasche steckte.

Das einzige Problem mit Kamikazzis Kampftechnik war, dass sie den Gegner WIRKLICH GANZ ARG WÜTEND machte.

Norbert lief so rot an wie ein Hummer im Kochtopf, heulte auf wie ein Hund, SCHNELLTE vor und STÜRZTE SICH auf die beiden kleinen Wikinger.

Die Schwerter klirrten so heftig gegeneinander, dass

sie Funken sprühten. Hin und her wogte der Kampf, Ausfall, Parade, Angriff, Finte.

Norbert war ein wahrhaft furchtbarer Gegner, so wie er das Schwert mit der einen Hand und die todbringende Axt mit der anderen schwang. Aber obwohl Hicks und Kamikazzi noch sehr jung waren, wie du wohl weißt, waren sie ein beeindruckendes und kampfstarkes Team.

Wer weiß, wie die ganze Sache ausgegangen wäre, wenn … tja, wenn Zahnlos es sich nicht in den Kopf gesetzt hätte, Hicks zu helfen.

Jedenfalls schoss Zahnlos im Sturzflug aus der Takelage herab und packte mit seinen Klauen Norberts große Karte von Amerika. Damit flatterte er nun ziemlich unsicher über die Kampfszene (um genau zu sein: so unsicher wie eine betrunkene Fledermaus, denn die Große Karte war auf schweren Lederhäuten gezeichnet). Er schwebte über Hicks, Kamikazzi und Norbert, schüttelte ein paar Augenblicke lang den Kopf über die Dummheit der Menschen und ließ dann die Karte fallen. Sie breitete sich im Fall aus und schwebte sanft Richtung Schiff …

… wo sie auf Norberts Wirrkopf landete und ihn vom Helm bis zum Po einhüllte, sodass er wie eine mysteriöse Frau aus den Wüsten im Nahen Irgendwo aussah.

»Super gemacht, Zahnlos!«, lobte sich Zahnlos selbst und klatschte voller Begeisterung über seinen Geniestreich die Flügel zusammen. »Echt co-co-cooler Sturzflug!«

Da rollte eine Brecherwelle von backbord heran und brachte das Schiff fast zum Kentern. Das Deck kam dermaßen in Schräglage, dass Norbert das Gleichgewicht verlor. Aber weil er mit der Karte über dem Kopf nichts sehen konnte, taumelte er …

… erst heftig nach links … und dann wieder nach rechts …

… und prallte am Ende gegen den Roten Ronald, der immer noch brav auf der Sinkverhinderungs- und Seedrachenverscheuchmaschine strampelte (obwohl er doch rote Haare hatte). Und zwar strampelte der Rote Ronald mit solcher Kraft, dass die MASCHINE … diese knarrende, quietschende, jaulende Maschine, die nur durch irgendeinen übernatürlichen Umstand noch immer nicht auseinandergefallen war …

… über die Bordwand ins Meer stürzte.

Die Kämpfe hörten schlagartig auf. Und genauso schlagartig trat absolute Stille ein. Sogar der Sturm hielt den Atem an.

»Oh nein, Zahnlos …«, stöhnte Hicks auf und schlug sich die Hände vors Gesicht.

Sie waren Amerika SO NAHE gekommen … Längst war der Streifen am Horizont keine graue Küstenlinie mehr, sondern ein wunderbarer weißer Strand, mit herrlichen, riesigen Bäumen, die dahinter in den Himmel ragten. Und man konnte sogar schon mysteriöse kleine Gestalten sehen, die eine Feder im Haar trugen und glücklich im Sand eine Art Bumsball spielten, wobei sie versuchten, den Bumsball in winzige Körbe zu werfen, die an den Bäumen hingen.

Aber die MASCHINE … sie war VERSTUMMT. Und der gigantische Seedrache, der wochenlang am Horizont gelauert und den alle in der Hitze des Gefechts völlig vergessen hatten, spitzte die Ohren: Das unerträglich schrille Jammern war nicht mehr zu hören. *Endlich* war er von seiner unsichtbaren Fessel befreit.

Im nächsten Augenblick reckte der Seedrache den Kopf hoch aus den Wellen. Und mit einem gewaltigen, furchtbaren, grausamen Aufbrüllen rauschte er nun wie ein überdimensionales Walross auf das kleine Schiff zu.

Norbert hatte inzwischen das Gleichgewicht wiedergefunden. Er riss sich die Karte vom Kopf und blinzelte zweimal: erst zu der Stelle, wo der Trichter hätte sein sollen, dann zu dem Wahrhaft Gigantischen Drachen, der nun zielstrebig auf das Schiff zusteuerte.

Die Kämpfenden hatten plötzlich keine Lust mehr weiterzukämpfen. Rothaarige und Blonde, erwachsene Tobsüchtige und Nachwuchswikinger, sie alle erkannten blitzschnell, dass ihnen jetzt eine größere Gefahr drohte, eine VIEL, VIEL GRÖSSERE GEFAHR, und suchten nun voller Angst auf und unter Deck nach einem Versteck.

»ER KOMMT!«, schrie jemand, was unter diesen Umständen eine ziemlich überflüssige Bemerkung war.

17. DER LEVIATHORGAN REX SCHLÄGT ZU

Der Tobsüchtige, der neben Hicks gestanden hatte, fiel auf die Knie und keuchte: »Thor, rette uns!«

Alle starrten wie betäubt auf den gewaltigen Rücken der Kreatur, aus dem riesige, scharfe Zacken herausragten. Das Ungeheuer kam immer näher.

Und es kam genau auf das Schiff zu.

Aber im letzten Augenblick änderte es die Richtung, sodass es nicht gegen das Heck prallte, sondern längsschiffs durchs Wasser schwebte. Und erst jetzt wurde ihnen klar, wie enorm dieses Monster war.

Es war ein UNGEHEUER GROSSES UNGEHEUER.

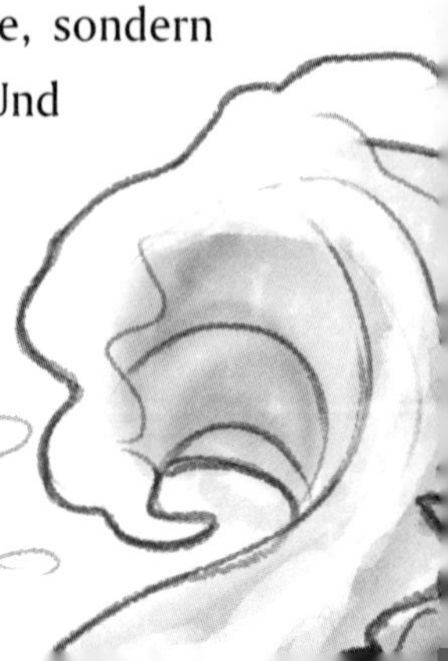

Als der Drache langsam am Schiff vorbeischwamm, rollte er sich ein wenig auf die Seite und ein grausames gelbes Reptilienauge starrte herüber – es starrte Hicks an, nur Hicks allein, und fixierte ihn mit unerbittlichem Blick. In diesem Blick lag kalte Neugier, eine Art grausamer Humor, vermischt mit reinster, eiskalter Wut. Es war, als hätte der Drache den Zwischenfall in der Eishöhle noch nicht vergessen, als wollte es ihm sagen: Dafür wirst du bitter bezahlen, Junge, und ich werde

meine Rache voll auskosten ... jetzt kannst du mir nicht mehr entkommen.

Der Drache schwamm weiter, so geschmeidig und sehnig wie ein Panther, während riesige Wellen über die prächtigen, nass glänzenden Muskeln liefen. Er schwamm dicht neben dem Schiff, als wollte er mit seiner schieren Größe angeben. Und es dauerte eine kleine Ewigkeit, bis der lange Rücken mit seinen schrecklichen Zacken am Schiff vorbeigeschwommen war.

Um Thors willen, dachte Hicks, dem das Herz bis zum Hals schlug, er ist bestimmt zweimal oder vielleicht sogar dreimal so lang wie das Schiff …

Und es war ein Gigantodrache, genauer: ein Leviathorgan Rex, da war sich Hicks nun absolut sicher.

Wie alle uralten Seedrachen stammte auch dieser wahrscheinlich aus der Zeit der Dinosaurier und tatsächlich sah er auch so aus wie etwas, das aus den Urzeiten ans Tageslicht geholt worden war. Schwarz verfärbte Krustentiere bedeckten seinen Rückenpanzer, der dadurch wie verrostet aussah; ganze Korallenkolonien wucherten auf seinem Rücken und er zog lange Seetangschlingen hinter sich her, sodass er wie eine lebende, schwimmende Koralleninsel aussah.

Wie enorm lang der Leviathorgan war, wurde erst deutlich, als er am Schiff vorbeigeschwommen war. Und dann wandte er sich plötzlich ab – wie ein Kind, das die Lust mit seinem Spielzeug verloren hatte. Er tauchte zurück ins Meer und verschwand völlig aus dem Blick. Aber der letzte, verächtliche Schwung seiner Schwanzspitze erzeugte eine enorme Gischtwelle, die mit voller Wucht über das Deck schoss und den Wikingern bis zu den Knien hochschäumte.

»Er ist weg!« – »Wo ist er?« – »Was macht er …?«

Panische Stimmen schallten durcheinander, aber eigentlich glaubte niemand, dass er wirklich verschwunden war.

Und Hicks glaubte das erst recht nicht. Im riesigen Auge des Drachen hatte ein Glitzern gelegen, das Hicks manchmal auch bei Zahnlos beobachtet hatte – nämlich dann, wenn er ein Tier in die Enge getrieben hatte, das kleiner war als er (zum Beispiel eine Maus oder ein Kaninchen). Wie Katzen haben auch Drachen eine grausame Ader: Sie lieben es, mit ihrer Beute zu spielen, bevor sie sie töten.

Und jetzt will er mit UNS spielen …, dachte Hicks. Eine düstere Vorahnung überkam ihn, was gleich geschehen würde. »Haltet euch an irgendetwas fest!«, schrie er über das Deck, während er sich ein Seil, das am Mast festgebunden war, hastig um das Handgelenk wickelte.

»Großer Thor«, stöhnte Fischbein, als er sich am Mast festklammerte. »Wir wollten doch nur bei einem harmlosen WETTSCHWIMMEN mitmachen. Kann man auf dieser Welt denn nichts mehr machen, ohne gleich in Lebensgefahr zu geraten?«

Der Drache war untergetaucht. Von ihm war nichts mehr zu sehen, rein gar nichts … nur der Sturm heulte weiter durch die Takelage, Regen peitschte, Donner grollte, Blitze zuckten.

»WO IST ER? WOHIN IST ER VERSCHWUNDEN?«, schrie jemand außer sich vor Angst.

Die Antwort kam sofort: Das Wasser brach auf – eine Explosion von weißer Gischt, als der Leviathorgan förmlich aus dem Meer SCHNELLTE. Er schoss in die Luft, breitete die gewaltigen Schwingen aus … und blieb über dem Schiff in der Luft stehen.

Er schwebte über der Mastspitze und hielt sich mit lässigen Bewegungen in der Luft. Sein Körper war so enorm riesig, dass seine Flügelspitzen bei den Abwärtsschlägen sogar die Wasseroberfläche noch ganz leicht berührten.

Er betrachtete das Wikingerschiff sehr genau. Dann streckte er eine Klaue herab und legte sie behutsam um den Mast der *Amerikanischer Traum II* – wie ein Adler, der nach einem Zweig griff.

Und dann …

… hob er das gesamte Wikingerschiff an der Mastspitze aus der aufgewühlten See …

… hob es bis vor seine enorme Schnauze …

… um sich dann genüsslich an der Reaktion der Wikinger zu erfreuen.

Die Reaktion der meisten bestand darin zu schreien.

Der Gigantische Seedrache schüttelte das Schiff ein wenig, sodass die Wikinger wie Murmeln über das Deck kullerten …

… nur um die *Amerikanischer Traum II* dann einfach wieder ins Wasser fallen zu lassen.

Es krachte mit enormem Knirschen, Knacken und Splittern in die Wellen zurück. Ein Wunder, dass es nicht auseinanderbrach.

Aber der Drache blieb über dem Schiff schweben und mit seiner enormen Spannweite färbte er den ohnehin schon dunklen Himmel schwarz. Und nun öffnete er immer weiter die Schnauze – weiter, als irgendein Lebewesen den Kiefer überhaupt öffnen können sollte –, sodass sich über dem Schiff und den vor Schreck erstarrten Wikingern ein riesiger, weit klaffender schwarzer HÖHLENSCHLUND auftat.

Und wie eine enorme, spuckende Kobra begann der Seedrache zu zischen. Zuerst war es nur ein leises, sanftes, fast zärtlich klingendes SSSSSSSS, das aber rasch lauter und schärfer wurde und sich zu einem solch ohrenbetäubenden ZISCHEN steigerte, dass es schien, als wimmle das Schiff und das gesamte Meer von riesigen, wütenden Giftschlangen. Hicks lief ein Schauer nach dem anderen über den Rücken und jedes einzelne Härchen stand ihm zu Berge.

Die Augen des Ungeheuers traten aus ihren Höhlen hervor, in seiner Kehle rumorte es, als würde es würgen.

Im nächsten Moment schoss etwas durch die Luft und schlug in den Mast ein, hinter dem sich Hicks und seine Freunde geduckt hatten, sodass große Holzsplitter in allen Richtungen davonflogen.

Hicks blickte nach oben, mit entsetztem, geradezu versteinertem Blick.

Es war der Stachel des Leviathorgan.

Hicks hatte schon als Kind davon gehört; der Stachel wurde in den alten Legenden erwähnt. Wie eine gigantische Biene hatten die Gigantodrachen Stacheln, aber nicht außen am Körper, sondern tief im Innern ihrer Kehle, dort, wo sich ihre höllenheiße Feuerblase befand. Diese Stacheln konnten sie mit enormer Geschwindigkeit ausstoßen, sodass sie wie eine Rakete aus ihrem Maul schossen.

Der Stachel einer Biene ist gerade mal ein paar Millimeter lang. Der Stachel dieses Leviathorgan Rex hatte ungefähr die Länge eines Wikinger-Wurfspeers.

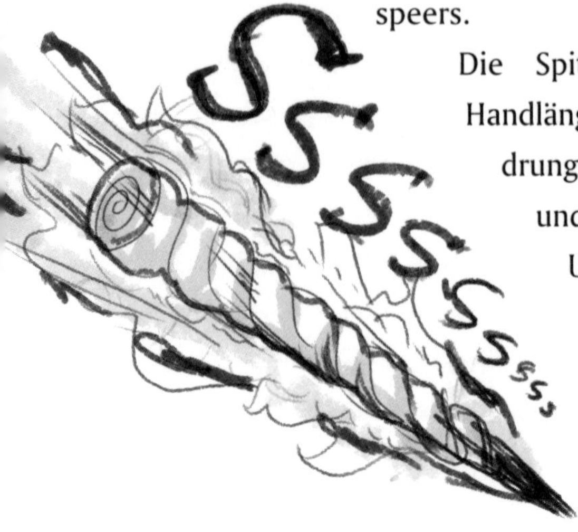

Die Spitze war eine volle Handlänge in den Mast eingedrungen, wo sie nun steckte und hin und her zitterte. Und er stand in Flammen. Er schien aus einer Art eisenhartem Knochen zu bestehen, aber das war schwer zu beurteilen, weil die Flammen an seiner gesamten Länge entlangzüngelten. Ein großer schwarz-roter Fleck breitete sich von der Stachelspitze auf dem Mast aus, als das Gift herausrann und am Mast herunterlief. Hicks sprang auf und riss sich das Wams vom Körper, um damit die Flammen zu ersticken, bevor sie den ganzen Mast in Brand stecken konnten. Im selben Augenblick ließ sich der Leviathorgan auf der anderen Seite des Schiffs ins Wasser zurückfallen.

Dieses Mal schlug er mit den Flügeln so heftig auf die Wasseroberfläche, dass eine Welle mit großer Gewalt über das Schiff rollte. Das Schiff wurde zur Seite gekippt, sodass es fast kenterte und die Mastspitze beinahe unter Wasser gedrückt wurde.

Fässer, das Kochzelt mitsamt den Töpfen, dem Gemüse, der gesamten Verpflegung, Norberts Zeltkajüte, sein kostbarer Kartentisch, sein Bett, seine Stühle, all seine Teppiche und Vogelkäfige sowie die Tobsüchtigen selbst mitsamt ihren Schwertern und Schilden wurden von dieser gewaltigen Sturzflut mitgerissen und ins Meer gespült.

Fischbein und Kamikazzi verloren den Halt am Mast und wurden ebenfalls über Bord gespült. Hicks' Hand glitt zwar aus dem Seil, mit dem er noch am Mast hing, aber die Schnur des Tickdings hatte sich verfangen und zog ihn wieder zurück.

Eine lange Sekunde verging, während das Schiff drohte

zu kentern … und sich dann doch allmählich wieder aufrichtete und in die andere Richtung zurückschwang, wobei nun Norbert wieder über die Bordwand zurückgespült und bis zur Schiffsmitte geschleudert wurde.

Wieder schien es, als würde sich das Schiff nicht mehr aufrichten können, aber der Ausschlag war dieses Mal schwächer gewesen, und wie ein Betrunkener taumelte es wieder zurück und rollte hilflos in den Wellen, weil niemand mehr am Steuerrad stand.

Der größte Teil der Besatzung war über Bord in das aufgepeitschte Höllenwasser gespült worden. Das Deck lag knöcheltief im Wasser und hatte sich blutrot verfärbt. (Tut mir leid, falls einer von euch kein Blut sehen kann, aber so war es eben.)

Wer noch an Bord war, konzentrierte sich entweder darauf, das Feuer zu löschen, das inzwischen eines der Segel erfasst hatte (der Leviathorgan hatte nämlich, bevor er wieder abgetaucht war, einen weiteren Feuerpfeil abgeschossen), oder sie lagen auf den Knien und flehten den Großen Gott Thor an, sie zu retten.

Ein paar schienen sogar zu glauben, dass der Leviathorgan selbst die Verkörperung des Gottes Thor sei, der sie nun für die Frechheit bestrafen wollte, sich in verbotene Gewässer vorgewagt zu haben, und dass die Feuerstachel nichts anderes seien als die Blitze, mit denen Thor ja ständig um sich warf.

Die meisten hatten die *Amerikanischer Traum II* längst

dem Untergang geweiht und versuchten, das Land schwimmend zu erreichen.

Und Kamikazzi und Fischbein? Die trieben im Wasser.

Fischbein klammerte sich verzweifelt an ein Bein von Norberts großem Kartentisch, der umgekehrt im Wasser trieb. Aber als er nach unten ins Wasser blickte, sah er nicht einmal zehn Meter unter sich die riesige Masse des Leviathorgan.

»Alles in Ordnung!«, schrie Kamikazzi. »Er will nur das Schiff!«

Dann wurden beide plötzlich kreidebleich.

Hicks war auf dem Schiff.

Hicks hatte unglücklicherweise das Tickdings zu sorgfältig an sein Handgelenk gebunden, und zwar mit einem von Bärbeißers absolut unfehlbaren, idiotensicheren Slipknoten, der aufgehen sollte, wenn man an einem Ende zog, aber leider war das jetzt nicht der Fall und Hicks konnte sich nicht losbinden.

»Komm schon … komm schon … komm schon …«, murmelte er, während er mit zittrigen Fingern versuchte, den Knoten zu lösen.

»Hilf mir, beiß die Schnur durch, Zahnlos!«, rief er und der kleine Drache stürzte sich darauf und nagte mit seinem scharfen, zahnlosen Kiefer daran, aber auch das nützte nichts.

»Beeil dich, beeil dich!«, schrie Hicks.

»Das war's!«, sagte Zahnlos, hörte auf zu nagen

und verschränkte beleidigt die Flügel. »Zahnlos hilft hö-hö-hösem Meister nicht, wenn er mit armem Zahnlos sch-sch-schimpft.«

Das Schiff wurde von einem gewaltigen Krachen erschüttert, Holz splitterte, der ganze Kahn geriet erneut heftig ins Schaukeln, dann folgte noch einmal ein lautes Krachen und plötzlich neigte sich das Schiff auf eine Seite und sank ein paar Meter tiefer.

»AAARRRGHHH!!! Er hat das Schiff leckgeschlagen! WIR SINKEN!!! ALLE MANN VON BORD!!!«, brüllte einer der Tobsüchtigen und sprang mit einem Satz über die Bordwand ins Wasser.

»Zahnlos! Hilf mir!«, schrie Hicks verzweifelt und riss und zerrte in Todesangst an dem Strick, um ihn zu lösen, was aber nur dazu führte, dass der Knoten noch fester wurde. »Ich mach dir keine Vorwürfe, ich hatte nur Angst!«

»Das ist k-k-kein Grund, mit Zahnlos bö-bö-böse zu sein!«, beschwerte sich Zahnlos und reckte die Nase in die Luft. »Und Böser M-m-meister ist immer noch bö-bö-böse!«

»Bin ich nicht!«, kreischte Hicks. »Beiß die Schnur durch! Los, mach weiter!«

Zahnlos drohte Hicks mit einem Flügel. »Erst wenn Böser M-m-meister sagt, dass es ihm leidtu-tu-tut!«

»ES TUT MIR LEID! ES TUT MIR LEID!!!«, brüllte Hicks. »GANZGANZGANZARGLEID!!!«

»Sag: Ich bin ein großer flügelloser I-i-idiot und Zahnlos ist hübschester, CLEVERSTER und ne-ne-nettester Drache von ganzer Welt!«, verlangte Zahnlos und kicherte boshaft.

»IchbineingroßerflügelloserIdiotundZahnlosistderhübschestecleversteundnettesteDracheaufderganzenWelt!«, stieß Hicks hastig hervor, schneller, als er jemals in seinem Leben gesprochen hatte.

Norbert war mitten auf dem Deck liegen geblieben

und für einen Moment hoffte Hicks, während er verzweifelt an seinem Nicht-Slip-Knoten herumfingerte, dass dieser Wahnsinnige nun wirklich und endgültig tot war.

Aber Norbert schien unzerstörbar zu sein. Ein Zittern lief durch seinen Körper, dann hob er den Kopf, schließlich kam er taumelnd auf die Füße, erhob sich wie ein schlimmer Albtraum, ein hinkender, halb zerschlagener Sack von Knochen und Muskeln, aber mit unbändiger Mordlust in den Augen. Seine Kleider hingen in Fetzen an ihm, patschnass, und sein Gesicht war wutverzerrt.

Hicks sah an seinem irren Blick, dass der Mann jetzt endgültig den Verstand verloren hatte. Es war ihm jetzt völlig egal, wie er der grauenhaften Gefahr entgehen sollte, die von dem gigantischen Meeresmonster drohte. Es war ihm auch egal, dass das Schiff jeden Augenblick zerschmettern würde oder wie er an das Ufer Amerikas gelangen könnte, das so nahe lag und doch so unerreichbar fern war.

Nichts von alledem spielte in Norberts verwirrtem Verstand noch eine Rolle.

Er wollte nur noch eins: Hicks den Kopf abschlagen.

»DU…«, brüllte Norbert speichelsprühend und taumelte keuchend über das Deck. »DU, Hicks der Hartnäckige vom Hauenstein der Dritte, bist mein Fluch … mein Untergang … Wenn DU nicht gewesen wärst, wäre ich bald ein REICHER MANN, würde mich in meinem AMERIKANISCHEN GOLD wälzen … wäre KAISER von

Amerika … HERRSCHER DER NEUEN WELT!!! Aber du und dein verdammter fliegender Molch habt mir meine Pläne vermasselt! Verdammt noch mal, kann denn ein Mann nicht seine TRÄUME haben, um Thors willen?! DU hast all meine Träume in Schutt und Asche gelegt, immer und immer wieder!!!« Tränen des Selbstmitleids flossen ihm über das wütende, bärtige Gesicht, als er durch das kniehohe Wasser auf Hicks zuwatete.

Und Norbert hob die Axt hoch über den Kopf, bereit zum tödlichen Schlag.

»… und wenn wir nach Ha-ha-hause kommen, schenke ich Zahnlos liebe kleine Ratte als Haustier«, vollendete Zahnlos die Entschuldigung, die Hicks nachsprechen musste. »Sa-sa-sag das!«

»UndwennwirnachHausekommenschenkeich-ZahnloseineliebekleineRattealsHaustier«, kreischte Hicks, außer sich vor Angst. »Hilf mir, Zahnlos, oder ich STERBE!!!«

Endlich schien Zahnlos zufrieden zu sein oder vielleicht fiel ihm auch nur nichts mehr ein, jedenfalls machte er sich daran, die Schnur des Tickdings vom Mast zu wickeln. Hicks blickte sich verzweifelt um, als ein weiterer Blitz über den Himmel zuckte und das Schiff erhellte. Es gab keinen Ausweg … er konnte nirgendwohin fliehen … außer … NACH OBEN.

Im selben Moment schoss ihm ein Plan durch den Kopf. Das Archipel war ein gefährlicher Ort und Hicks hatte über viele Jahre hinweg einen verzweifelten Plan nach dem anderen geschmiedet – aber dieser Plan war nun wirklich so verrückt, dass man ihn statt »verzweifelt« auch gleich den SELBSTMORD-PLAN nennen konnte.

Hicks steckte sein Schwert »Wagemut« in die Scheide und machte sich daran, am Großmast der *Amerikanischer Traum II* hinaufzuklettern.

18. AM GROẞMAST HINAUF

Hicks kletterte nicht normal am Mast hinauf, sondern rannte förmlich daran empor wie ein Affe, während das Schiff von einer Seite zur anderen und wieder zurück schwankte. Die Gefahr war furchtbar groß, dass er vom Sturm weggerissen würde oder dass seine Finger im eisigen Wind so starr würden, dass er sich nicht mehr halten konnte – aber er stieg immer weiter hinauf, immer noch höher.

Norbert blieb ein paar Augenblicke lang unten am Mast stehen, schaute hinauf und lachte höhnisch. »Wo willst du denn hin, Kleiner?«, schrie er hinauf. »Weißt du nicht, dass jeder Mast einmal zu Ende ist? Wohin gehst du, wenn du an der Spitze angekommen bist?«

Und dann machte er sich an den Aufstieg.

Und Norbert, der alte Seemann, war ein überraschend guter Kletterer, denn er hatte eine interessante Technik. Alle paar Meter hielt er an, holte mit der Axt weit aus und rammte sie mit einem Schrei der Anstrengung weit über seinem Kopf in den Mast. Dann zog er sich daran hinauf, fast nur mit der Kraft seiner Arme, zog die Axt wieder heraus und rammte sie ein paar Meter weiter oben erneut in den Mast.

Inzwischen war Hicks ganz oben angekommen und hatte jetzt keinen Mast mehr übrig.

Er wickelte ein Seilende der Takelage um seinen Arm (achtete aber darauf, es nicht zu verknoten), zog wieder sein Schwert und wartete auf Norbert.

Unten im Meer starrten Kamikazzi und Fischbein mit offenen Mündern zu ihm hinauf.

»Was MACHT er denn?«

»Ich glaube«, sagte Fischbein langsam, »er will dort oben gegen Norbert kämpfen.«

Und tatsächlich: Hicks' Schwertkampf gegen Norbert die Hohlnuss ist in die Sagen und Legenden der Wikinger eingegangen. Noch niemals hatte ein Schwertkampf

unter dermaßen schwierigen Umständen stattgefunden, ganz oben in der Takelage, an der Mastspitze eines Schiffes, das dabei war, ins Meer zu sinken, mitten in einem furchtbaren Sturm und während des Angriffs durch eines der größten Ungeheuer der Meerestiefen.

Norbert zog sein Schwert mit der linken Hand, sobald er auf Augenhöhe mit Hicks war, holte weit aus und ließ es auf Hick niedergehen. Doch Hicks parierte den Hieb im letzten Moment und die beiden Schwerter klirrten gegeneinander.

»Es ist noch nicht zu spät, Norbert«, keuchte Hicks, als er Norberts blitzschnell ausgeführten Blitzschlitzschlenzer parierte und dabei fast aus der Takelage stürzte. »Können wir das nicht auf später verschieben? Das Schiff ist nämlich am VERSINKEN!«

Als Antwort unternahm Norbert einen weiteren Angriff, der so plötzlich erfolgte, dass Hicks unwillkürlich zurückwich, den Halt verlor und nun nur noch mit einem Arm an dem Seil hing. Doch schon eine Sekunde danach fanden seine Füße wieder Halt auf den regennassen, schlüpfrigen Seilen.

»Ich hatte schon VIEL ZU VIEL Geduld!«, heulte Norbert wütend und ließ das Schwert mit einem Wechselhändigen Herzfetzer durch die Luft zischen, dem Hicks aber geschickt auswich. »Fünfzehn Jahre hab ich auf der Tobsuchtsinsel herumgehockt! Ich ließ zwei *Amerikanische Träume* bauen und beide wurden von dir vernichtet! VON

DIR!!! Alles wäre nach Plan gelaufen, wenn DU dich nicht immer eingemischt hättest!!!«

»Na ja, sei nicht unfair, Norbert!«, verteidigte sich Hicks, während er sich am Mast festhielt, dicht hintereinander zwei schnelle Handgelenkflipper vortäuschte und dann mit einem Durchstechangriff (den sein Urururgroßvater Grimmbart der Abscheuliche erfunden hatte) Norbert so sehr in Bedrängnis brachte, dass der hastig zurückweichen musste. »Wir mussten uns irgendwie verteidigen, du wolltest uns doch umbringen, hast du das schon vergessen?«

»Ach, du hast doch immer eine faule Ausrede parat!«, schimpfte Norbert wütend. »Damals hätte ich es VIELLEICHT doch nicht getan. Aber JETZT werde ich es TUN«, und wie ein Versprechen wurde sein irres Auge schmal und er setzte Hicks mit einer schnellen Abfolge von Bluthiebstößen zu, gefolgt von einem mörderischen Schlag mit der Axt.

Hicks schaffte es mit knappster Not, der Axt auszuweichen. Ein plötzlicher Windstoß trieb ihn weiter zurück, bis er den Halt unter den Füßen verlor und nun wieder mit einer Hand am Seil hing. Norbert nutzte die Gelegenheit und stampfte mit dem Stiefel auf Hicks' Finger.

Kamikazzi und Fischbein trieben immer noch in den Wellen und konnten kaum hinsehen. Aber da warf Hicks das Tickdings hoch, es schoss durch die Luft und wickelte sich etwas weiter weg um den horizontalen Mast des Schiffs – genau in dem Moment, als seine andere Hand vor Schmerzen loslassen musste. Hicks schwa-a-a-ang sich an der Schnur des Tickdings herab und kam wieder auf der Takelage zu stehen, in sicherer Entfernung von Norberts Waffen, und stieß den Schlachtruf der Räuberischen Raufbolde aus.

»Wow, Hicks!«, jubelte Kamikazzi. »Das war obercool!«

Zahnlos flatterte vor Norberts Gesicht umher und verschaffte damit Hicks mehr Zeit, seinen Stand auf der wackeligen Takelage zu sichern. Hicks führte mit seinem Schwert ein paar äußerst elegante Linkshändige Totalausfälle durch, von denen einer Norbert um ein Haar den Schwertarm gekostet hätte, aber immerhin noch den gesamten rechten Ärmel von seinem Wams abtrennte.

»Ich glaube, er gewinnt, Fischbein«, kommentierte Kamikazzi unten im Meer.

Der Kampf war jedenfalls sehenswert. Der Große Gott Thor tobte über den Himmel und zog sämtliche Register. Donnergrollen erschütterte die grauen Klippen der amerikanischen Küste. Blitze zuckten, der Sturm heulte und aus dem Schornstein des halb sinkenden Schiffes stieg immer noch Rauch, während hoch oben auf dem mächtigen Mast zwei winzige Figuren einen absurden Todestanz vollführten …

»Um Thors willen«, keuchte Fischbein, der sich immer noch wie eine verzweifelte Spinne an das Kartentischbein klammerte. »Was ist DAS denn?«

Der Leviathorgan hatte unterdessen immer wieder von unten auf den Rumpf der *Amerikanischer Traum II* eingeschlagen. Das Schiff musste wirklich gut und solide konstruiert gewesen sein, denn erst jetzt brach der Rumpf unter den gewaltigen Hieben ein. Er splitterte entzwei und das Ungeheuer streckte den Kopf hindurch.

Der Kopf tauchte mitten aus dem Deck auf. Der Leviathorgan brüllte vor Wut und biss wild um sich, die gewaltigen Zähne zerrissen das Deck wie einen mürben Keks. Dann warf der Leviathorgan den Kopf zurück und brüllte seine Wut in den Himmel, wobei er gleichzeitig drei todbringende Flammenstacheln abfeuerte. Einer der Stacheln schoss zwischen den Kämpfenden hindurch, ein zweiter hätte um ein Haar Norberts Hintern getroffen. (Und das wäre nämlich ziemlich unangenehm gewesen.)

Als erwache er plötzlich von einem Traum, blickte Norbert unter sich. Er sah ein sinkendes Schiff, ein völlig zerstörtes Deck, durch das ein enormes Ungeheuer den Kopf streckte und gierig und blutlüstern zu ihm und Hicks emporstarrte.

Ein entsetzlicher Gestank stieg aus dem aufgerissenen Maul mit seinen grauenvollen Reißzähnen empor – verweste Fleischfetzen von längst gefressenen Seehunden, verrottenden Delfinen und Haien. (Ich fürchte, diese gigantischen Seemonster stinken immer entsetzlich, das liegt an ihrem einseitigen Speiseplan.)

Norbert sah gerade noch die Beine eines unglücklichen Mitglieds seiner Tobsüchtigen-Crew in dem enormen Schlund verschwinden. Seine Konzentration ließ für ein oder zwei Sekunden nach, als ihm allmählich dämmerte, dass er sich von seinem Jähzorn hatte mitreißen lassen – und dass ihm der Tod in Form eines gigantischen Meeresungeheuers direkt ins Auge blickte.

Hicks nutzte diesen Augenblick der Unsicherheit aus – aber zu Fischbeins und Kamikazzis maßlosem Entsetzen nutzte er ihn NICHT, um seinem Gegner das Schwert in das momentan schutzlose Herz zu stoßen und ihm den Garaus zu machen. Nein. Hicks blickte stattdessen zum Himmel, steckte sein Schwert in die Scheide, schüttelte die Schuhe von den Füßen – und kletterte flink wie ein Hutaffe auf die äußerste Spitze des Masts.

»WAS macht er denn?«, schrie Kamikazzi entrüstet. »Er hat sein SCHWERT weggesteckt! Oh, beim Bart der Göttin Freya, kein MÄDCHEN hätte das jemals getan … typisch Jungs … keine Ahnung, was das soll …«

Wie jemand in so einer Situation sein Schwert wegstecken konnte, überstieg wirklich Kamikazzis Fassungsvermögen.

Hicks schob sich bis ans äußerste Mastende vor wie ein Seiltänzer. Das Holz fühlte sich kalt unter seinen nackten Füßen an, der Sturm zerrte an seinen Kleidern und er wedelte mit den Armen, um das Gleichgewicht zu halten.

Und dann hob Hicks das Gesicht zum wütenden, schwarzen Sturmhimmel. »ALSO DANN, THOR! DAS IST DEINE CHANCE – ZEIG MIR, OB DU AUF MEINER SEITE STEHST ODER NICHT!«

Da stand er, der kleine Wikinger, wackelnd und schwankend, auf der Spitze des Masts eines sinkenden Schiffs, und breitete die Arme aus. Es war nicht ganz klar, ob er das nur tat, um das Gleichgewicht zu halten, oder ob er damit ein Gebet in den düsteren Himmel hinaufschickte.

Und tatsächlich schien das Schiff einen Moment zu erstarren, es sank nicht mehr weiter. Und auch der Leviathorgan, der inzwischen den Mast gepackt hatte und seinen enormen Körper daran emporzog, das Maul weit und gierig aufgerissen, schien einen Augenblick lang still zu stehen. Selbst der Sturm ließ ein paar Herzschläge lang nach.

»Norbert!«, brüllte Hicks über das Heulen des Windes hinweg. »Wenn das alles meine Schuld ist, wie du behauptest, dann ERSCHLAGE MICH JETZT – wenigstens wird dann einer von uns beiden glücklich sterben!«

Einen Moment lang hielt alles den Atem an.

Und dann passierte alles gleichzeitig.

Norbert hievte sich mit einer gewaltigen Kraftanstrengung auf die Mastspitze. Und Hicks sollte recht behalten: Wenigstens Norbert würde mit diesem Augenblick des Triumphes in die Walhalla einziehen.

Hoch hob er die Axt der Verdammnis über den Kopf, um sie mit einem gewaltigen Siegesschrei auf den unbewaffneten Jungen mit den ausgebreiteten Armen und dem zum Himmel gewandten Gesicht niedergehen zu lassen und ihn so vom Kopf bis zum Hintern in zwei saubere Hälften zu spalten. Ringsum und hoch über ihm knisterte die Luft vor unbändiger elektrischer Energie, lud sich immer weiter auf, zischte, knisterte, knatterte, suchte, *suchte* … und SUCHTE einen Weg nach unten zum Meer.

Und fand ihn.

Da war sie, die Axt der Verdammnis, und in diesem Augenblick stand sie genau einen Meter und dreizehn Zentimeter über dem Mast der sinkenden *Amerikanischer Traum II* – und war damit der höchste Punkt im Umkreis vieler Meilen. Sie war dazu aus dem feinsten Wikingereisen geschmiedet worden, das Norbert die Hohlnuss hatte finden können …

… und war damit ein perfekter Stromleiter.

Die lange aufgestaute, enorme Energie entlud sich mit einem riesigen, gezackten weißen Blitz, der aus den Wolken herabschoss und in die schwarze Schneide der Axt einschlug.

Doch in dem Bruchteil der Sekunde, bevor der Blitz in die Axt fuhr, stießen sich Hicks' nackte Füße vom Mast ab. Und mit einem (allerdings nicht sonderlich eleganten) Kopfsprung sprang er in die Tiefe.

Der Blitz schlug in den eisernen Kopf der Axt ein – dreihunderttausend Volt fuhren Funken sprühend durch die Axt in Norberts Arm und seinen Körper und zischten durch den gesamten Mast hinunter – und direkt in den Körper des Leviathorgan Rex.

Die Funken flogen sogar aus Norberts Nase, prasselten wie irre gegen den Mast und steckten ihn in Brand und Funken zischten auch über den gewaltigen Rücken des Leviathorgans und durch sämtliche Rückenzacken, die nun genau wie der Rest des Körpers zu zucken anfingen und sich in ein wunderbares, wenn auch nicht geplantes, spektakuläres Feuerwerk verwandelten.

Norbert die Hohlnuss, der genialste und irrste Erfinder, den die Wikinger jemals hervorgebracht hatten, der Beinahe-Entdecker Amerikas, stürzte vom Mast hinunter, immer tiefer bis ins Meer.

Auch der Leviathorgan stürzte ab, allerdings mitten durch den Schiffsrumpf, sodass ein riesiger Wirbel aus Gischt, Holzsplittern und Maststücken durch die Luft sauste.

Die *Amerikanischer Traum II* ging UNTER, aber sie sank mit Stil und einem weithin flammenden Mast. Und mit ihr versank das größte, technologisch fortschrittlichste Schiff, das jemals ein Wikinger konstruiert und gebaut hatte – doch schon jetzt war es nur noch ein hölzernes Gerippe, ein Geist, der langsam in die grausamen, kalten Untiefen bis zum Meeresgrund sank. Und in dieses

Gerippe geschmiegt, als sei es sein Sarg, lag der Kadaver des Gigantischen Leviathorgan Rex.

Er hatte das Schiff verschlingen wollen, aber am Schluss hatte es ihn verschlungen, und nach ein paar Wochen und Monaten hatten auch die unzähligen Meerestiere ihr Festmahl an ihm beendet. Seither ruhen seine bleichen Knochen im Bauch eines Geisterschiffs auf dem Meeresgrund.

Und, soweit ich weiß, ist seither NIE MEHR ein solches Schiff gebaut worden, jedenfalls nicht von den Wikingern.

Norbert die Hohlnuss mag ein Wahnsinniger gewesen sein, aber, wie wir alle wissen, liegen Genie und Wahnsinn eben sehr dicht beieinander und man muss zugeben, dass Norbert ein wahrhaft großer Träumer gewesen war.

Womöglich wird es ja wieder einmal so genial-irre Erfinder geben, die solche Dinge erträumen, die Norbert erträumte. Sein eigener Traum war nun jedoch zu Ende und mit seinem Schiff versanken all seine Hoffnungen …

… und damit leider auch die einzige Möglichkeit für unsere drei kleinen Wikinger, wieder zum Archipel zurückzukommen.

19. SCHWIMMT WEITER, WIR SIND NOCH LANGE NICHT ZU HAUSE

Und was geschah mit Hicks?

Wie gesagt, er war mit einem nicht sehr perfekten Kopfsprung vom Mast gesprungen. Zahnlos hatte sofort die Flügel eng an seinen Körper gelegt und war ihm gefolgt. Es war ein langer Weg nach unten und in dem Augenblick, als Hicks in das Meer eintauchte, das so kalt war, dass es ihm glatt den Atem verschlug, hatte er eine beträchtliche Geschwindigkeit erreicht.

Das führte dazu, dass er ziemlich tief ins Meer getrieben wurde, und beim Auftauchen prallte er ausgerechnet mit dem Kopf gegen einen eisernen Kochkessel. Verwirrt spuckte Hicks Wasser aus und schnappte nach Luft. Er hatte keine Ahnung, wo er war, *wer* er war oder was hier eigentlich vor sich ging. Und als ihm dann noch Blut in die Augen strömte, verlor er das Bewusstsein und versank.

Zahnlos stieß ein entsetztes, schrilles Heulen aus, das Kamikazzi und Fischbein durch Mark und Bein ging. Er stürzte sich in die Fluten, packte seinen Meister und zog ihn hoch, bis Hicks' Gesicht wieder über Wasser war. Kamikazzi pflügte sofort mit gekonntem Kraulstil durchs Wasser, um zu helfen, aber sie war ziemlich weit von der Stelle entfernt, an der Hicks ins Wasser gestürzt war, und selbst ihr wurde klar, dass sie ihn nicht mehr rechtzeitig erreichen würde.

Fischbein dagegen war viel näher dran.

Als Hicks zum zweiten Mal im Wasser versank, ließ Fischbein das Tischbein los und planschte mit einem wahrhaft IRREN SCHWIMMSTIL zu seinem Freund hinüber.

Und er schaffte es, den immer noch bewusstlosen Hicks wieder an die Wasseroberfläche zu holen und die paar Meter zu dem halbwegs sicheren Kartentisch zu ziehen.

»Oh, um Thors willen, um Thors willen … lebt er noch?«, fragte Kamikazzi, als sie herangekrault kam. Hicks lag schlaff wie

eine durchweichte Stoffpuppe auf dem Tisch. Er atmete noch, war aber kreidebleich und seine Augen waren geschlossen. Ein Arm und beide Beine baumelten schlapp im Wasser.

»Weiß nicht …«, keuchte Fischbein verängstigt. »Er atmet kaum noch. Und ich glaube, er hat sich irgendwo unter Wasser den Kopf angeschlagen.«

»Wir müssen ihn aus dem Wasser schaffen«, rief Kamikazzi in panischer Angst, »er braucht dringend Wärme!«

Der Sturm hatte sich so plötzlich gelegt, wie er begonnen hatte, und zog nun weiter zu dem Land, das Amerika genannt wurde. Er ließ eine Spur der Verwüstung zurück. Es war, als hätte ein wütender Gott das gesamte Schiff umgedreht, seinen gesamten Inhalt herausgeschüttelt und es dann ins Meer zurückgeworfen, damit es versank. Ringsum war das Wasser übersät mit allen möglichen Dingen und zwischen einer Unmenge von Ausrüstungsgegenständen schwammen, kraulten und planschten die überlebenden Tobsüchtigen in Richtung des Landes am Horizont.

Pfannen und Töpfe, Tische und Stühle, Hängematten und Schachbretter, Angeln und Fischreusen, Unterhosen und -hemden … Norbert hatte, ehrgeizig, wie er war, streng darauf geachtet, dass er so viel ZEUG wie möglich nach Amerika mitnahm. Und dieses Zeug tanzte nun überall auf den Wellen und landete noch viele Jahre später als Treibgut an dem weißen Sandstrand von Amerika.

Ich frage mich, was die eingeborenen Amerikaner wohl dachten, als sie diesen ganzen Kram aus dem Meer fischten.

Kamikazzi versuchte, den Tisch hinter sich herzuziehen, aber als sie dem Land näher kamen, begann sich Fischbein darüber Sorgen zu machen, was die kleinen Gestalten am Strand wohl von IHNEN halten würden.

Es war eine Sache, mit Posaunen und Trompeten auf einem mächtigen Schiff in einem neuen Land zu landen, auf einem Schiff, das bis an die Mastspitze bewaffnet und mit allen möglichen nützlichen Dingen beladen war, die man essen oder verschenken oder mit denen man handeln konnte. Aber wie uns die gesamte Geschichte der Menschheit an unzähligen Beispielen zeigt, ist es eine ganz andere Sache, als arme Flüchtlinge aufzutauchen – nackt, arm, unbewaffnet und mit völlig leeren Händen.

Würden die Eingeborenen Schiffbrüchige aus einem fernen Land mit Interesse und Barmherzigkeit willkommen heißen? Oder mit Furcht und einem Hagel aus Pfeilen?

»Nein!«, schrie deshalb Fischbein voller Angst und zog den Tisch in die entgegengesetzte Richtung. »Nein! Ich denke, wir sollten lieber dorthin schwimmen!« Und er deutete auf das offene Meer hinaus.

»Hast du deinen armseligen Verstand verloren?«, fauchte Kamikazzi. »Das Archipel ist Tausende Meilen entfernt und dazwischen liegt das Große Westmeer! Du glaubst doch nicht im Ernst, dass wir dorthin SCHWIMMEN können???«

»Nein, natürlich nicht!«, keuchte Fischbein und verschluckte dabei aus Versehen einen großen Schwall Salzwasser. »Aber ich glaube, dass ich dort draußen ein Schiff am Horizont gesehen habe … UND ich habe das ziemlich starke Gefühl, dass es keine gute Idee wäre, da vorne an Land zu gehen …«

Die Schreie, die vom Strand zu ihnen herüberdrangen, untermauerten dieses Gefühl.

»Wie auch immer«, murmelte Kamikazzi, der vor Kälte und Müdigkeit ganz schwach zumute war. »Also gut, schwimmen wir noch ein Stück weiter hinaus. Wir können es uns ja immer noch überlegen …«

Und so schwammen sie vom Ufer weg.

»Aber ihr könnt im Ozean doch nicht überleben!«, rief Sturmfliege aufgeregt. »Menschen haben keine Kiemen!«

Zahnlos fächelte Hicks' Gesicht mit seinen Flügeln zu, um ihn wieder zum Bewusstsein zu bringen. »Wir brauchen dich, M-m-meister! Die anderen Menschen wissen nicht, was sie t-t-tun sollen!«

Damit hatte Zahnlos nicht ganz unrecht. Denn tatsächlich waren sie wieder ein Stück weit ins Meer hinausgeschwommen, um in Ruhe überlegen zu können, was sie tun sollten, wie Kamikazzi gesagt hatte. Aber nach einer Weile wurde ihnen klar, dass es da nicht viel zu überlegen gab.

Sie waren so schwach vor Kälte und Erschöpfung, dass sie eigentlich überhaupt nicht mehr schnell schwimmen konnten, vor allem, weil zwei von ihnen einen schweren Kartentisch durch die Wellen schieben mussten. Deshalb dauerte es eine ganze Weile, bis sie merkten, dass sie gar nicht mehr zu schwimmen *brauchten*. Sie mussten in eine starke Strömung geraten sein, denn sie trieben mit erstaunlicher Geschwindigkeit ins Meer hinaus. Und die Segel, die Fischbein angeblich am Horizont gesehen hatte, waren längst wieder irgendwo im Meeresdunst verschwunden. Inzwischen bezweifelte er sogar, dass er sie überhaupt gesehen hatte.

Sie redeten nicht darüber, aber beide wussten, was ihnen nun unvermeidlich bevorstand. Außerdem waren sie viel zu unterkühlt und erschöpft, um noch ans Reden zu denken; sie brauchten den letzten Rest ihrer Kraft, um weiter durch das Wasser zu strampeln.

»Weiterstrampeln ... weiterstrampeln ... weiterstrampeln ...«, murmelte Fischbein vor sich hin.

Seltsam, wie so eine Geschichte manchmal dahin zurückkehrt, wo sie angefangen hat. Wie ein einziger unendlicher Kreis ...

Viele Wochen zuvor waren sie am Fuß des Mordsgebirges ins Wasser gegangen und vom Ufer weggeschwommen. Und hier waren sie nun – sie schwammen immer noch im selben Meer, aber in die entgegengesetzte Richtung und von einem ganz anderen Ufer weg.

Nach einer Weile verschwand das Land hinter ihnen im Meeresdunst. Und aus dem umgedrehten Kartentisch war nur ein Stück Treibgut auf dem unendlichen Ozean geworden. Es trieb durch eine fremde, feindliche Umgebung, mit zwei kleinen Wikingern, die den Tisch vor sich herschoben, und einem dritten, der bewusstlos darauf lag. Sie waren allein, verlassen und verloren auf dem riesigen, einsamen Ozean.

Über ihnen schwebten zwei kleine Drachen mit ausgebreiteten Flügeln, die vom Wind geschüttelt wurden.

Der Seegang war immer noch rau, deshalb schaukelten sie auf den Wellen auf und nieder, mussten bei jedem Wellenberg die Köpfe hochrecken, um nicht überrollt zu werden, um dann sofort wieder von der nächsten Welle erfasst zu werden. Inzwischen waren ihre Beine so kalt, dass sie kaum noch strampeln konnten, und sie hatten jedes Gefühl in den Armen verloren.

Zahnlos versuchte zwar zu helfen, indem er ein paar Fische fing und sie ihnen anbot, aber die beiden waren so hoffnungslos erschöpft, dass sie nichts mehr essen wollten.

Nach einer halben Stunde murmelte Kamikazzi durch ihre gefühllosen, steif gefrorenen Lippen: »Wenigstens hast du jetzt ENDLICH schwimmen gelernt, Fischbein, stimmt's? Du hast Hicks aus dem Wasser gezogen, ohne dich an irgendwas festzuhalten. Ich hab dir doch IMMER gesagt, dass du es schaffst!«

»Stimmt«, keuchte Fischbein. »Hab nicht mal groß nachdenken müssen.« Er lachte zittrig. »Na, wenigstens hat das ganze Abenteuer was genützt – ich hab schwimmen gelernt …«

Kamikazzi fing an zu lachen, schwach, aber leicht hysterisch, dann herrschte wieder Stille. Nach einer Weile sagte sie: »Vielleicht sollten wir wieder umdrehen …?«

»Jetzt noch nicht«, antwortete Fischbein. »Weiterstrampeln … weiterstrampeln …«

Nach einer weiteren halben Stunde flüsterte Kamikazzi erschöpft: »Ich glaube, ich muss ein bisschen schlafen, ich bin sooo müde …«

»In Ordnung«, sagte Fischbein. »Schlafen wir ein wenig, danach schwimmen wir weiter.«

Die beiden Drachen flatterten herab und ließen sich auf zwei Tischbeinen nieder, wo sie aufrecht und still wie zwei kleine Engel auf einem Grabmal hocken blieben. Die beiden kleinen Wikinger ließen die Köpfe auf den Tisch sinken und Fischbein war gerade am Einschlafen, als er durch halb geschlossene Lider …

… ein Schiff sah, das urplötzlich aufgetaucht war und nun vor ihnen aus dem Nebel ragte.

»Hierher …«, flüsterte Fischbein, aber seine Stimmbänder waren so unterkühlt, dass sie kaum noch einen Laut von sich gaben. Doch dann richtete er sich ein klein wenig auf, stützte sich auf die Ellbogen und rief lauter: »HIERHER!«

Mit letzter Kraft kletterte er auf den Tisch, zog das Wams aus und schwenkte es über dem Kopf. »HIERHER! HIERHER!! HIERHER!!! Kamikazzi, wach auf, da ist ein Schiff! Ein Schiff!!!«

»Lass mich … in Ruhe …«, murmelte Kamikazzi benommen, ohne die Augen zu öffnen. »Es ist noch nicht Morgen …«

Die Leute auf dem Schiff schienen Fischbeins Geschrei gehört zu haben, denn plötzlich waren Rufe zu hören, Rufe in einer fremden Sprache, und das Schiff änderte den Kurs und kam auf sie zu, kam immer näher heran.

»Wach auf, Kamikazzi! Wach auf! Da ist wirklich ein Schiff!«, brüllte Fischbein. »Oder … sogar mehr als nur eins!«

Und als Kamikazzi endlich die Augen aufschlug, konnte sie kaum glauben, was sie sah: Nicht ein, sondern SIEBEN Schiffe waren aufgetaucht und im Bug des ersten und größten Schiffes, hoch aufragend wie eine Galionsfigur, mit einer großen Fackel in der Hand, damit sie im Dunst besser sehen konnte, stand …

… Bärklaus Großmutter.

»Ich kann nur hoffen, dass wir nicht zu spät kommen«, rief sie. Doch dann sah sie Hicks' leblosen Körper auf dem umgekehrten Tisch liegen. »Aber sieht so aus, als wären wir es«, sagte sie mit sorgenvoller Stimme, vielleicht auch mit einer Spur von düsterer Schadenfreude.

Es waren sieben Schiffe des Nordwanderer-Stammes,

die die *Amerikanischer Traum II* über das Große Westmeer verfolgt hatten. Wanderer sind die Besten, wenn es darum geht, jemanden ausfindig zu machen. Daher ist es immer eine gute Idee, einen Wanderer hinter sich zu haben, wenn man die Orientierung verliert.

Seit über einer Stunde hatten sie gewusst, dass sie der *Amerikanischer Traum II* nahe gekommen waren, denn immer häufiger hatten sie Treibgut aus dem Meer gefischt – Kerzenleuchter, Fässer mit Pökel-Rentierfleisch und Gemüse, Bierfässer, Stühle, Ruder, Seekarten, Schwerter und Kochtöpfe … all das irre Zeug, das eben immer davontreibt, wenn ein Schiff untergegangen ist.

Sie hatten alles aus dem Meer geholt, für den Fall, dass es sich irgendwie als nützlich erweisen würde, denn die Wanderer sind keine reichen Leute, und was sie hier fanden, war ein echter Schatz.

Eines ihrer Schiffe hatte sogar Norberts nicht funktionierende Flugmaschine aus dem Wasser gefischt, die hinten am Achterdeck hing und so aussah, als würde sie jeden Augenblick in den Himmel steigen.

Bärklaus Großmutter war fast schon überzeugt gewesen, dass Hicks entweder ertrunken oder in Amerika gelandet war – als sie in der Ferne den im Wasser treibenden Tisch entdeckte.

Wie sich herausstellte, war Bärklaus Großmutter eine recht gute Krankenpflegerin, was jeden überraschte, der sie jemals fluchen gehört hatte. Sie war darin viel besser als Alt Faltl, der Medizinmann des Raufbolde-Stammes, der seine Salben und Arzneien aus Hasenköteln und Nacktschneckenschleim zusammenbraute, wonach sich die Patienten in der Regel viel schlimmer fühlten als vor der Behandlung.

Ein paar Stunden später und nachdem ihm Bärklaus Großmutter ihre Arznei eingeflößt hatte, schlug Hicks endlich die Augen auf – und sah Fischbein, Kamikazzi, Sturmfliege, Zahnlos, Bärklau und Bärklaus Großmutter über sich, die ihn mit besorgten Gesichtern anstarrten.

»Dachte, ihr seid abgehauen«, flüsterte Hicks überrascht Bärklaus Großmutter zu.

»Wie kommst du denn auf DIE Idee?«, blaffte die Alte zurück. »In diesen winzigen Nussschalen konnten wir euch doch nicht verfolgen! Wir mussten erst ein paar richtige Schiffe holen. Wir Wanderer stehen zu unserem Wort, im Gegensatz zu gewissen anderen Leuten, ich brauche dir ja sicher nicht zu erklären, wen ich meine.«

20. DAS TICKDINGS TICKT IMMER LAUTER

Ich will euch nicht damit langweilen, dass ich die lange Rückreise in allen Einzelheiten schildere, die Drachen aufzähle, denen sie begegneten, die Stürme, die sie überlebten, oder all die anderen Gefahren – sonst müsste ich noch ewig weiterschreiben.

Jeden Tag überprüfte Hicks mit dem Tickdings, welche Strecke sie zurückgelegt hatten. Und je näher sie der Heimat kamen, desto stärker wurde ihre Aufregung.

Aber etwas gab es, das Hicks Tag für Tag ein wenig mehr beunruhigte. Etwas, das Alt Faltl am Tag des Schwimmwettbewerbs gesagt hatte. Nämlich, dass Hicks innerhalb von drei Monaten, fünf Tagen und sechs Stunden zurückkommen müsse.

Die Frage war nun: *Warum* hatte Alt Faltl das gesagt?

Euch, liebe Leser, mag das schon längst klar sein, denn ihr kennt die Fakten. Aber den drei kleinen Wikingern wäre es niemals in den Sinn gekommen, dass das Wettschwimmen an sich besonders wichtig sein könnte (schließlich war es doch nur ein freundschaftlicher Wettkampf zwischen den Stämmen gewesen und Freundschafts-Wettkämpfe fanden im Archipel ziemlich häufig statt) oder dass das Wettschwimmen nach so langer Zeit *noch gar nicht zu Ende war.*

Hicks hatte also keinen blassen Schimmer, warum Alt Faltl den Zeitpunkt so genau genannt hatte, in der sie das Wettschwimmen beenden mussten. Und deshalb machte er sich Sorgen über das, was er von dem Tickdings ablas – nämlich dass sie seit drei Monaten, vier Tagen und dreizehn Stunden unterwegs waren.

Und dass sie noch mindestens zwei Tage weitersegeln mussten, bis sie im Archipel ankamen.

»Keine Ahnung, warum du dir darüber so einen Kopf machst«, sagte Fischbein, dessen Laune sich enorm verbesserte, je näher sie der Heimat kamen. »Das bedeutet wahrscheinlich gar nichts. Du kennst doch Alt Faltl, er ist nicht gerade der beste Wahrsager und manchmal ist er einfach ein bisschen gaga.«

»Aber es könnte doch sein, dass es tatsächlich irgendwie wichtig ist?«, fragte Hicks beharrlich. »Was wäre, wenn Alt Faltl irgendwie vorhergesehen hätte, was mit uns passiert … er wusste doch, dass wir am selben Tag nicht mehr zurückkommen würden, oder nicht? Und schau doch, wir kommen fast genau zu dem Zeitpunkt zurück, den er genannt hat, nur eben ein klein wenig zu spät. Und er hat mir *ganz besonders* eingeschärft, dass wir nicht zu spät kommen dürfen …«

Am nächsten Tag nahmen Hicks' Sorgen sogar noch weiter zu, als er entdeckte, dass das Tickdings immer lauter zu ticken begann – genau wie Alt Faltl vorhergesagt hatte.

TICK-TACK-TICK-TACK-TICK-TACK …

»Schaut mal, hier!«, rief Hicks aufgeregt. »Das bedeutet, das uns nur noch sechs Stunden bleiben, und obwohl es heute ziemlich windig ist, brauchen wir noch mindestens …« – er schaute auf das Tickdings – »VIERUNDZWANZIG Stunden, bis wir zu Hause sind …

WIR KOMMEN ZU SPÄT!«

»Zu spät *wofür?«*, rief Fischbein entnervt. »Wir können doch sowieso nichts dagegen tun und wahrscheinlich hat Alt Faltl auch gar nichts damit gemeint, als er das sagte …«

Hicks spielte nervös mit dem Tickdings, während er sich Sorgen machte, und irgendwann sprang der Deckel auf der Rückseite auf und zum ersten Mal bemerkte er, dass sich im Innern unzählige winzige Rädchen bewegten und dass auf der Innenseite des Deckels drei winzige Buchstaben eingraviert waren: G. d. A.

Hicks' Herz schlug schneller, denn diese drei Buchstaben hatte er schon einmal gesehen und er wusste genau, was sie bedeuteten.

Grimmbart der Abscheuliche.

Hicks hatte immer angenommen, dass das Tickdings von Norberts Vater Grobkarl gemacht worden war, und hatte sich deshalb immer ein bisschen schuldig gefühlt, weil er es Norbert gestohlen hatte.

Aber anscheinend hatte es Grobkarl selbst gestohlen.

Denn die Inschrift bedeutete, dass das Tickdings in

Wirklichkeit dem Erben von Grimmbart dem Abscheulichen gehörte, und der Erbe von Grimmbart dem Abscheulichen war …

… Hicks!

Und jetzt war Hicks *absolut* sicher, dass es einen ganz bestimmten Grund gab, warum Alt Faltl ihm so genau die Zeit genannt hatte, in der er wieder zu Hause sein musste. Hicks kannte zwar den Grund dafür noch nicht, aber er war sicher, dass hinter dieser ganzen Sache irgendein Muster steckte, eine Art Plan, den er noch nicht begreifen konnte.

Irgendetwas, das dafür sorgte, dass sich am Ende alles irgendwie zusammenfügte, so wie die kleinen Rädchen, die sich in dem Tickdings drehten.

Sechs Stunden.

TICK-TACK-TICK-TACK-TICK-TACK …

… tickte das Tickdings und es war schon wieder ein wenig lauter geworden.

Niemals würden sie es schaffen, in sechs Stunden zu Hause zu sein … mit dem Schiff.

Hicks blickte sich um – und sein Blick fiel auf Norberts kaputte Flugmaschine, die ein paar umsichtige Wanderer aus dem Meer gefischt hatten und die nun an einem der anderen Wandererschiffe an der Galionsfigur festgezurrt war.

Heute herrschte ein sehr starker Wind.

Seit seinem Abenteuer in einem römischen Beobachtungsballon (lange Geschichte, frag lieber nicht)* wusste Hicks, dass Fliegen viel schneller ging als Segeln.

Wenn diese Flugmaschine doch nur FUNKTIONIEREN würde ...

Fischbein sah, was Hicks ins Auge gefasst hatte, und wusste sofort, was sein Freund dachte. »Oh nein, Hicks, nein, daran darfst du nicht mal denken! Im Ernst, du machst doch wohl WITZE, oder? Denk doch nur daran, wie oft sie das verdammte Ding schon ausprobiert haben! Und dass sie jedes Mal wie ein Stein vom Himmel ins Meer gestürzt sind? Diese Flugmaschine *funktioniert nicht!*«

»Zuerst dachten wir auch, dass die Sinkverhinderungs- und Seedrachenverscheuchmaschine nicht funktioniert, oder?«, argumentierte Hicks. »Und dann haben wir uns doch getäuscht!«

»Aber jetzt sind wir fast zu Hause ... wir sind ganz nahe ... und was am wichtigsten ist, wir sind TOTAL AM LEBEN«, rief Fischbein entnervt. »Aus welchem GRUND sollten wir das alles jetzt noch einmal riskieren, nach allem, was wir durchgemacht haben, wo wir doch fast am Ziel sind? Nein, dieses Mal gebe ich nicht nach, Hicks, ich werde nicht zulassen, dass du das tust ...«

---

* Falls du es doch wissen willst, musst du Hicks' Aufzeichnungen in »Drachenzähmen leicht gemacht. Strenggeheimes Drachenflüstern« lesen.

TICK-TACK-TICK-TACK-TICK-TACK …

… tickte das Tickdings noch lauter.

TICK

TACK

TICK

TACK

TICK

TACK

21. DAS ENDE DES SCHWIMM-WETTKAMPFS

Auf den windumtosten Klippen des Mordsgebirges standen aufrecht und unbesiegbar zwei mächtige Gestalten: Bärbeißer der Gewaltige und Berta die Prallbusige, streng bewacht von Totschlägern und mit schweren Ketten an Armen und Beinen. Doch die beiden Stammeshäuptlinge waren zu stolz, um ihre Furcht zu zeigen. Sie würden Irrwürg dem Mörderischen beweisen, wie mutig ein Häuptling dem Tod ins hohle Auge blickte! Vor ihnen lag der Himmelsfriedhof; hier würde man sie gefesselt und hilflos zurücklassen, damit die Himmelsdrachen sie holen konnten. Von ihnen würde rein gar nichts übrig bleiben.

Hoch über ihren Köpfen hatten sich bereits Hunderte Himmelsdrachen zusammengerottet, die nun wie Aasgeier kreisten und mit gierigem, hungrigem Kreischen auf ihr Festmahl warteten.

Und unten am Strand standen schweigend und bedrückt die Stämme der Räuberischen Raufbolde und der Sumpfdiebe. Sie hielten brennende Fackeln in den Händen und blickten stumm zu ihren Häuptlingen auf den Klippen hinauf.

Für die beiden Stämme ging es hier nicht nur um die beiden Häuptlinge. Sondern um etwas noch Schlimmeres: Heute würde Irrwürg der Mörderische die Inseln der beiden Stämme an sich reißen. Deshalb hatten die Raufbolde und die Sumpfdiebe ihr gesamtes Hab und Gut auf ihre Schiffe verladen, die nun hinter ihnen im Meer vor Anker lagen. Und alle Schiffe waren vollgepackt mit allem, was sie besaßen: Lieblingsschwerter, Rüstungen, Schilde, Stühle, Tische, Kleider, gackernde Hennen und Schweine und Ziegen.

Die Raufbolde hatten eigentlich nie geplant, auf Wattnbengel zu leben; sie waren auf ihren Wanderungen eher zufällig auf der Insel hängen geblieben. Wattnbengel war nun wirklich nicht so angenehm, luxuriös und zivilisiert, dass man dort unbedingt auf Dauer wohnen bleiben wollte. Ganz im Gegenteil. Die Insel war ein irgendwie seltsam geformter, nebliger, zerklüfteter, schäbiger kleiner Felsbrocken im Meer, völlig überwuchert mit Heidekraut und Moos, um den der Wind dermaßen heulte und toste, dass man sich wie auf einem Schiff im Sturm vorkam. Und wenn es nicht gerade regnete, dann hagelte oder schneite es.

Aber Wattnbengel war nun mal die Insel, auf der sie alle aufgewachsen waren. Hier hatten sie ihre Geliebten kennengelernt, ihre Kinder großgezogen und Freud und Leid erlebt, und als sie nun ihre Sachen packen mussten, entdeckten sie, dass sie nicht mehr von Wattnbengel wegwollten.

Und so standen sie am Strand, versunken in gemeinsame Trauer und Melancholie.

Immerhin hatte an diesem Tag die Sonne geschienen, die nun langsam am Horizont unterging. Der Sand in Alt Faltls großer Sanduhr war fast verronnen und seine komplizierten Kerzen waren bis auf klägliche Stumpen abgebrannt: Das endgültige Ende des Schwimmwettkampfes nahte. Schweigend saßen die drei Schiedsrichter des Hohen Schiedsgerichts an ihrem Tisch.

Drei Monate, fünf Tage, drei Stunden und *vierundzwanzig* Minuten … Drei Monate, fünf Tage, drei Stunden und *fünfundzwanzig* Minuten …

Norberts kaputte Flugmaschine funktionierte besser, als Fischbein erwartet hätte.

Allerdings muss man hinzufügen: *Viel* hatte er sowieso nicht erwartet.

Fischbein und Kamikazzi bestanden darauf, mit Hicks in die Maschine zu steigen – Kamikazzi, weil das genau eine dieser verrückten Sachen war, die ihr am meisten

Spaß machten, und Fischbein, weil er trotz allem Gejammer Hicks niemals im Stich gelassen hätte. Immerhin war Hicks so ziemlich alles, was Fischbein jemals an Familie gehabt hatte.

Die Wanderer mussten die Maschine zur Spitze des Masts hieven, damit sie von dort oben starten konnten. Bärklaus Großmutter wurde nicht müde, ihnen Untergang und Vernichtung zu prophezeien, denn beides sei unvermeidlich. »Die spinnen, die Wikinger – sogar die kleinen …«

Aber Untergang und Vernichtung traten nicht ein – jedenfalls nicht sofort.

Es war ein windiger Tag und als die Wanderer die Flugmaschine losließen, verlief der Start außerordentlich erfolgreich. Der Wind griff kräftig unter die ausgebreiteten Schwingen und trug die Maschine fast senkrecht in die Höhe wie ein Drache im Herbstwind.

»WAAAAAHNSIIIIINNNN!«, kreischte Kamikazzi begeistert, als sie in die Höhe schwebten. Ihre Beine baumelten herab und ihr Haar wehte im Wind. Immer höher stiegen sie in den großen blauen Himmel.

»Wenn Thor gewollt hätte, dass Menschen fliegen können, hätte er ihnen Flügel gegeben«, murrte Sturmfliege, die reichlich verblüfft neben ihnen herflog.

Wie gesagt, der Wind war stark und die drei Wikinger waren leicht. Sie flogen in atemberaubender Höhe über die sieben Schiffe hinweg, von denen ihnen die

Wanderer zujubelten und winkten, und ließen sie schnell hinter sich.

Hicks war schon öfter auf dem Rücken von Drachen geflogen, aber noch nie in solcher Höhe. Von hier oben war es schwierig zu sagen, wie schnell sie flogen, abgesehen von den Wandererschiffen hatten sie keine Punkte, an denen sie sich orientieren konnten, und die waren schon jetzt nur noch winzige Flecken in der Ferne.

Es war kalt hier oben, so kalt, dass Hicks froh war, dass sie sich alle an der Flugmaschine angebunden hatten. Sonst hätten sie sich nicht lange festhalten können: Schon nach kurzer Zeit waren ihre Finger so taub, dass sie heruntergefallen wären. Und das wäre sicherlich nicht sehr angenehm gewesen, denn das Meer lag sehr, sehr weit unter ihnen.

Sie blieben so lange in der Luft, dass selbst Fischbein allmählich zu glauben begann, dass sie nach dem Start nicht wie ein Stein ins Meer stürzen würden. Deshalb öffnete er nach einer Weile vorsichtig die Augen und schaute sich um, auf den blauen Himmel über ihnen und das blaue Meer unter ihnen, und beide erstreckten sich endlos in die Ferne.

TICK-TACK-TICK-TACK-TICK-TACK ... tickte das Tickdings, das mit jeder Sekunde lauter und eindringlicher tickte. *Hoffentlich schaffen wir es*, dachte Hicks, *hoffentlich ...*

Und nach langer langer Zeit erschien ein grauer Fleck am Horizont und Hicks brüllte etwas Unverständliches über den tosenden Wind und deutete aufgeregt in die Richtung. Der Fleck wurde langsam größer und größer und bald wurde ihnen klar, dass sie auf das Mordsgebirge zuflogen.

»UND WIE KOMMEN WIR RUNTER?«, brüllte Fischbein, weil sie immer noch so hoch flogen, dass ihm plötzlich der entsetzliche Gedanke kam, sie würden erst über das Mordsgebirge und über das gesamte Inselarchipel hinwegfliegen und dann für alle Zeit durch die Luft segeln. Aber kurz darauf machte es plötzlich »SCHNAPP!« und einer der Flügel gab Fischbein eine Antwort auf seine Frage.

Der Flügel knickte einfach nach oben ...

... die Flugmaschine kippte abrupt nach rechts ...

... und dann sackten sie so schnell nach unten, dass sich Hicks' Magen anhob und es vom Druckabfall in seinen Ohren knackte. Norberts Flugmaschine faltete die Flügel ein und ging in einen Sturzflug zum Meer über.

»AAAAAAAAAAaaaaaaaaaaggggggggggrrrrrrrrr!«, schrien Hicks, Fischbein und Kamikazzi im Chor.

Irrwürg der Mörderische stapfte am Ufer hin und her. Sein Umgang wehte im Wind und Faulzahn trottete ihm getreulich auf Schritt und Tritt hinterher, wobei er sich in höchster Schadenfreude die mit schwarzen Handschuhen bekleideten Hände rieb.

In genau fünfzehn Minuten würde sich der Totschläger-Stamm endlich für die Schmach rächen, die süßeste Rache, die man sich denken konnte, nachdem sie hundert Jahre darauf hatten warten müssen …

»Vierzehn Minuten …«, flüsterten sich die Wettkampfrichter zu und starrten die Sanduhren an.

Dreizehn Minuten …

Genau als die dreizehnte Minute anbrach, glaubte Alt Faltl, ein Geräusch vom Meer her gehört zu haben. Mit einer seiner alten, knorrigen, verwelkten Hände schirmte er die Augen gegen die tief stehende Sonne und hielt die andere hinter das Ohr. Bildete er sich das nur ein? Spielte ihm die Hoffnung einen Trick? Oder war dieses Geräusch nur das heftige Schlagen seines alten, schwachen Herzens?

Zum ersten Mal in drei Monaten stand der alte Mann auf. Seine Beine zitterten und wollten ihn kaum noch tragen; schwer stützte er sich auf seinen Stock. Er schlurfte mühsam durch den Sand zur Wasserlinie und zwang die Ohren, das Geräusch zu hören, das er unbedingt hören wollte …

… und da war es.

Es kam von weit draußen im Meer, war noch leise und unregelmäßig, wie vom Wind zerrissen, aber mit jedem Herzschlag des alten Mannes wurde es lauter.

TICK-TACK-TICK-TACK-TICK-TACK

Und zur Verblüffung der Zuschauermenge, die sich am Ufer versammelt hatte, stieß der alte Mann plötzlich ein heiseres Gelächter aus und begann auf seinen alten, gichtigen, knorrigen Beinen im Sand zu tanzen, wobei seine Kleider um ihn herum flatterten wie um eine Vogelscheuche, die ein kleines Tänzchen vollführte.

Jetzt ist er völlig durchgeknallt, dachten alle, während Alt Faltl zum Richtertisch zurückeilte, mit vor Aufregung und Freude strahlenden Augen.

Und dann kam ein Schrei von den hohen Klippen.

Bärbeißer der Gewaltige brüllte etwas und deutete nun aufgeregt auf das Meer, und obwohl die Menge unten nicht verstanden hatte, was er rief, drehten sich doch alle Köpfe in die Richtung, in die er deutete – auf die langen, wogenden Wellenberge, die aus westlicher Richtung heranrollten. Aber dort war nichts zu sehen außer dem langen Pfad von glänzendem Sonnenlicht, das sich auf der Wasseroberfläche spiegelte.

Doch dann kam noch ein Schrei, vielleicht stammte er

von Taubnuss Junior: »Schaut doch! Dort drüben!«

Und dort, weit draußen in der Bucht, hüpften drei kleine Wikingerköpfe auf den Wellen auf und ab.

»Was ist das?«, zischte Faulzahn und strengte seine Augen an, um genauer zu sehen, was dort draußen im Wasser war und worauf alle deuteten. »Das sind doch nur ein paar SEEROBBEN.«

»Seerobben mit *Hörnern?«*, fragte Grobian der Rülpser, der eine zarte Hoffnung in sich aufkeimen spürte.

»Dann halt irgendwelche Seekühe«, knurrte Faulzahn.

Aber die kleinen Köpfe kamen näher und näher heran und bald wurde allen klar, dass es keine Seekühe waren. Denn auf den Köpfen saßen WIKINGERHELME und jetzt waren auch zwei kleine Jagddrachen deutlich zu erkennen, die schützend über den Köpfen kreisten. Und als sie näher und näher kamen, rief Alt Faltl laut: »Denkt daran: Ihr dürft ihnen nicht an Land helfen!«

Die Warnung war ziemlich überflüssig, denn es war, als hätte sich die gesamte Menschenmenge am Strand in Steinstatuen verwandelt – alle waren wie vom Blitz getroffen und unfähig, sich zu rühren.

Die drei Gestalten schwammen näher und näher und näher, bis sie so nahe waren, dass sie ihre Füße in den Sand des Archipels setzen und durch das hüfthohe Wasser in den ausrollenden Wellen an Land waten konnten.

Hicks, Kamikazzi und Fischbein taumelten aus dem Wasser des Großen Westmeers an Land, genau drei

Monate, fünf Tage, fünf Stunden und achtundfünfzig Minuten, nachdem sie ins Wasser gegangen waren.

Völlig verwirrt starrten sie die Menschenmenge an, die mit Fackeln in den Händen am Strand stand. Offensichtlich hatten sie auf ihre Rückkehr gewartet – aber es war kein Ton zu hören, alle standen starr und stumm.

Vor so langer, langer Zeit waren die drei kleinen Wikinger in diesem Ozean losgeschwommen und alle hatten sich über sie halb totgelacht. Die kleinsten und schwächsten Teilnehmer waren sie gewesen, eine Spaßeinlage im großen Wettkampf, auf die alle mit den Fingern gezeigt hatten und die von allen ausgelacht worden waren. Und dieselbe Wikingerversammlung, die sie mit röhrendem Spott und Gelächter ins Meer geschickt hatte, begrüßte sie nun mit weit aufgerissenen Augen und erstaunten und völlig verblüfften Gesichtern.

Langsam nahm ein Wikingerkrieger nach dem anderen den Helm ab, als die drei Freunde über den Sand taumelten, das höchste Zeichen von Hochachtung. Voller Staunen bildeten sie eine Gasse und niemand wagte es, auf die Fußspuren zu treten, die die drei Ankömmlinge im Sand hinterließen. Und mit ehrfürchtigem Murmeln hoben sie die mächtigen, haarigen Arme, um den drei kleinen Wikingern zuzuwinken.

Es war der stolzeste Augenblick in Fischbeins Leben. Beschimpft, verspottet und ausgelacht hatten sie ihn, als er diesen Strand verließ, als einer, der nicht schwimmen

konnte und deshalb lächerliche Schwimmflügel tragen musste. Jetzt hatten alle, die ihn damals ausgelacht hatten, mit angesehen, wie er ohne jede Hilfe durch die gesamte Bucht ans Ufer geschwommen war. Und obwohl er so müde war, dass er kaum noch einen Fuß vor den anderen setzen konnte, trug er den Kopf stolz und hoch erhoben.

Als er durch die Menge hindurchging, hörte er, wie ein Raufbold einem Sumpfdieb zuflüsterte: »Der dort ist Fischbein, der auf der rechten Seite …«, in einem Ton, der voll unendlicher Verwunderung und Bewunderung war. Das muss man sich nur mal vorstellen, für einen Jungen, der bisher immer ausgelacht oder völlig übersehen wurde!

Fischbein, Kamikazzi und Hicks hatten Grimmbarts hundert Jahre alten Rekord eingestellt, aber sie sahen wahrhaftig nicht so aus, als hätten sie drei Monate lang wie eingelegte Gurken im Wasser gelegen. Ihre Haare waren so steif vom Salzwasser, dass es wie ein Besen aussah. Ihre Gesichter waren braun gebrannt. Sie waren vielleicht sogar ein winziges Stückchen gewachsen. (Es waren ja tatsächlich drei Monate gewesen und Kinder in dem Alter können in drei Monaten ein ordentliches Stück wachsen!)

Aber sie, diese drei mageren, kleinen drei Wikinger, waren ohne jede Frage die unwahrscheinlichsten Sieger, die jemals nach einem Freundschaftswettschwimmen der Wikingerstämme lebend ans Ufer des Archipels gestiegen waren.

Die Siegreichen Letzten.

Hicks taumelte zum Richtertisch, zu erschöpft, um Fragen zu stellen, fast zu müde, um überhaupt noch denken zu können, wobei er das Tickdings hinter sich durch den Sand zog.

TICK-TACK-TICK-TACK-TICK-TACK ...

Er blieb vor dem Tisch des Hohen Schiedsgerichts stehen, wickelte die Schnur des Tickdings auf, bis es an seiner Hand baumelte, und legte das Tickdings vor das verblüffte Richterkomitee.

Sanft landeten die beiden kleinen Jagddrachen auf dem Tisch, falteten ihre Flügel ein und starrten erwartungsvoll das Tickdings an, das mitten auf dem Tisch lag.

TICK-TACK-TICK-TACK-TICK-TACK ...

... und dann schrillte der Wecker des Tickdings plötzlich los, ein richtiges kleines Glockenspiel, das laut und durchdringend die Hymne des Stammes der Räuberischen Raufbolde ertönen ließ.

Das sah Grimmbart dem Abscheulichen ähnlich, sich so was Nettes einfallen zu lassen.

Das musste man ihm lassen: Der Bursche hatte STIL.

Als die Hymne zu Ende war, nahm Alt Faltl das Tickdings und schaltete es aus.

»Ich bin nicht zu spät gekommen«, sagte Hicks.

»Nein«, sagte Alt Faltl. »Du bist gerade noch rechtzeitig gekommen.«

Die Sumpfdiebe und die Raufbolde standen immer noch da wie vom Blitz getroffen und starrten die drei kleinen Wikinger mit Augen so groß wie Untertassen an.

Irrwürg der Mörderische starrte sie ebenfalls an wie vom Blitz getroffen.

»Ich glaube es nicht!«, spuckte Faulzahn schließlich heraus. »Irrwürg glaubt es nicht ... das sind doch nur KINDER ... noch dazu ziemlich komisch aussehende Kinder. Völlig unmöglich, dass sie die SIEGREICHEN LETZTEN sein können!«

Niemand konnte es glauben. Rotznase war sprachlos. Wie hatte Hicks das jetzt schon wieder GESCHAFFT? Wieder einmal hatte alles so ausgesehen, als ob er längst als Fischfutter in den Tiefen des Ozeans versunken war, und doch war er wieder aufgetaucht, ausgesprochen lebendig und noch dazu mit einem megastarken Auftritt. Selbst dieser Seetangstängel Fischbein schien sich irgendwie das Schwimmen beigebracht zu haben.

»Ja, ABER – sie sind nicht die SIEGREICHEN LETZTEN, solange sie nicht einen Eid abgelegt haben, dass sie sich weder mit Boot noch Floß über Wasser gehalten haben!«, erklärte Rotznase mit fiesem Grinsen, wobei er allerdings vor Neid fast explodierte und deshalb nicht darüber nachgedacht hatte, was er da sagte.

Sogar Rotznases eigener Vater schrie wütend: »Halt die Klappe, Rotznase!«, und aus beiden Stämmen kam wütendes Protestgeheul: »Schande!«, »Auf welcher Seite stehst du eigentlich, Rotznase?«, und sogar der Totschläger-Stamm zischte und buhte Rotznase aus, denn niemand mag einen Verräter im Stamm haben. Rotznase lief knallrot an, was ihn nun wirklich nicht attraktiver machte, und murrte beleidigt: »Ich sag ja nur …«

»Ja, wie Rotznase uns netterweise erinnert«, sagte Alt Faltl und warf Rotznase einen giftigen Blick zu, »könnt ihr erst zum SIEGREICHEN LETZTEN erklärt werden, wenn ihr den Eid ablegt. Seid ihr dazu bereit?«

Erst jetzt wurde es Hicks, Fischbein und Kamikazzi vollends klar, was hier alles auf dem Spiel stand. Sie blickten zu den Klippen hinauf, zu der langen Reihe kleiner Gestalten, die schweigend dort oben standen und über denen kreischende, gierige Himmelsdrachen kreisten. Dann blickten sie in die Gesichter ihrer Stämme, die um sie herum standen. Schließlich blickten sie einander an.

Nun … der Eid lautete, dass sie beim Schwimmen »jedweder Hilfe durch Boot oder Floß entsagt« hatten.

Keiner von ihnen hatte Norbert die Hohlnuss darum gebeten, sie zu kidnappen. Und nur Fischbein und

Kamikazzi hatten die Wanderer um »Hilfe« gebeten, sie zum Archipel zurückzubringen. Hicks war zu dem Zeitpunkt bewusstlos gewesen und somit gar nicht in der Lage, irgendjemanden um Hilfe zu bitten. Und eine Flugmaschine war kein Boot und kein Floß.

Deshalb konnte Hicks, *technisch gesehen,* den Eid ablegen.

Fischbein und Kamikazzi schoben Hicks nach vorn.

Hicks hob die linke Hand.

In der Zuschauermenge wurde es totenstill.

»Ich schwöre bei meinem Schwertarm«, sagte Hicks, »dass ich jedweder Hilfe durch Boot oder Floß entsagt habe … dass ich nicht versuchte, das Wettschwimmen durch Betrug und Schummelei zu gewinnen … und dass jede Unterstützung, die mir zuteilwurde, nur dem Glück zu verdanken ist und dem gnadenreichen Wirken des Großen Gottes Thor.«

Daraufhin brach unbändiger Jubel aus.

Der Oberschiedsrichter gab den Totschlägern oben auf den Klippen ein Zeichen, woraufhin sie widerwillig den beiden Häuptlingen Bärbeißer und Berta die Ketten abnahmen. Hoch erhobenen Hauptes stiegen die beiden Häuptlinge den Klippenpfad zum Strand hinunter.

Jubel erschütterte nun die Felswände, die die Bucht säumten. Alt Faltl brüllte »RUHE!« – wobei er allerdings fast vor Stolz platzte, denn schließlich erlebt man es nicht alle Tage, dass der eigene Enkel unerwartet aus dem Meer zurückkehrt, als Sieger eines Wettschwimmens, und dass auch noch Alt Faltls Prophezeiung erfüllt worden war. (In diesem Fall war er auf seine Wahrsager-Fähigkeiten sogar ganz besonders stolz – schon deshalb, weil sie sich bei anderen Gelegenheiten als nicht besonders zuverlässig erwiesen hatten.)

Er drehte seinen Enkel zu den versammelten Wikingerstämmen um.

»Ihr habt es gehört«, rief Alt Faltl feierlich mit seiner alten, zittrigen Stimme. »Er hat geschworen, jedweder Hilfe von Boot oder Floß entsagt zu haben! Deshalb erklärte ich hiermit: Sieger dieses Wettschwimmens und Siegreicher Letzter ist niemand anders als … HICKS DER HARTNÄCKIGE VOM HAUENSTEIN DER DRITTE!!!«

Und Alt Faltl packte Hicks am Handgelenk und reckte den Arm des Siegers in die Luft.

»Das ist … ungeheuerlich!«, plusterte sich Faulzahn voller Wut auf. »Es ist *unmöglich*, es kann nicht sein! Niemals hätte er das schaffen können! Er muss gemogelt haben!«

Faulzahn spürte plötzlich, dass ihn starke Hände am Genick packten und in die Höhe hoben, sodass seine kleinen Beine in der Luft zappelten wie die eines Käfers im Schnabel einer Möwe.

»Willst du damit sagen, dass MEIN Ahne, Grimmbart der Abscheuliche, und, was noch schlimmer wäre, MEIN SOHN UND ERBE, Hicks der Hartnäckige vom

Hauenstein der Dritte, LÜGNER sind?«, brüllte Bärbeißer der Gewaltige dem zappelnden Faulzahn drohend und speichelspuckend ins Gesicht.

»Äh ... also ... hm ... nicht direkt ...«, brachte der halb erstickte Faulzahn gurgelnd hervor. Seine Stimme quiekte wie die eines Fünfjährigen.

Oh, wie die Raufbolde und Sumpfdiebe jubelten! Sie warfen ihre Helme in die Luft und hoben Hicks und Kamikazzi und Fischbein mit ihren riesigen Pranken auf Schultern und Rücken. Berta und Bärbeißer drückten die Sieger richtig fest an sich, wozu sie ja auch allen Grund hatten. Danach machten sich die beiden Stämme bereit, auf ihre Boote zurückzukehren, die in der Schiffbruchsbucht vor Anker lagen, weil sie, um ehrlich zu sein, gründlich die Schnauzen voll hatten vom Mordsgebirge und von den Totschlägern, und zwar für sehr, sehr lange Zeit.

»Wartet!«, rief der Oberschiedsrichter, der traurige kleine Haudraufbold. »Bevor ihr geht, muss noch eine Sache erledigt werden. Wie ihr wisst, hat der Siegreiche Letzte das Recht, einen Siegespreis zu fordern. Und nach dem Eid, den ihr alle geschworen habt, darf die Forderung des Siegreichen Letzten vom Stammeshäuptling des Unterlegenen nicht verweigert werden.«

Daraufhin verstummte der Jubel wieder und die Stimmung verdüsterte sich. Irrwürg der Mörderische war sehr, sehr still geworden, weil ihm inzwischen dämmerte, dass sein eigener Trick nun gegen ihn selbst wirken und die Harpune sozusagen nach hinten losgehen würde. Er hatte dem Feind in die Hände gespielt. Bärbeißers Grinsen ging in ein unheilvolles, drohendes Stirnrunzeln über und Berta stemmte die Hände in die Hüften, was, wie alle Männer wissen, mindestens genauso drohend aussieht.

»Was ist deine Forderung, Hicks? Du kannst alles fordern, buchstäblich alles.«

Irrwürg der Mörderische wurde kreidebleich. Nervös fummelte er an seinem Schwertgriff herum. Seine Lage war nicht rosig und das war ihm auch völlig klar. Und dafür konnte er niemandem die Schuld zuschieben außer sich selbst.

Wohin er auch blickte, überall starrten die unversöhnlichen Mienen der Sumpfdiebe und der Raufbolde zurück, die nach Rache dürsteten. Sie zogen ihre Schwerter und klopften sich damit gegen die Schenkel. Ein unheilvolles Drohen lag in der Luft. Hoch oben über den Klippen kreisten noch immer die Himmelsdrachen. Ihnen war es völlig egal, *WEN* sie zu fressen bekamen.

»Was forderst du, Hicks? Wie lautet deine Forderung?«, fragte Alt Faltl.

Hicks dachte lange, lange nach, den Blick weit übers offene Meer gerichtet.

Das Problem mit der Geschichte der Menschen ist, dass sie die schlimme Angewohnheit hat, sich regelmäßig zu wiederholen. Wenn Hicks das tat, was Irrwürg den Raufbolden und Sumpfdieben hatte antun wollen, nun, dann würde Irrwürg jetzt seine Henkersmahlzeit essen müssen. Aber dann würde der ganze Kreislauf der Rache erneut in Gang gesetzt werden. Und in hundert Jahren ... Wollte er, dass Irrwürgs Nachkommen und seine eigenen Nachkommen immer wieder dieselbe Tragödie aufführten? Irgendwann musste es doch genug sein. Irgendwann musste man sich von der Schlechten Alten Zeit verabschieden ...

»Ich fordere«, sagte Hicks langsam, »dass Häuptling Irrwürg der Mörderische beim nächsten Thing* ein Liebeslied singt, verkleidet als hübsche kleine Balletttänzerin mit rosa Tutu.«

Totenstille.

Alle schauten Bärbeißer den Gewaltigen an und warteten darauf, dass er vor Wut explodierte.

Und Bärbeißer der Gewaltige lief dunkelrot an vor Wut. Das dauerte nicht lange, denn er war sowieso noch immer vor Wut knallrot gewesen, weil ihn Irrwürg den Himmelsdrachen hatte opfern und sich seine geliebte Raufbolde-Insel unter den Nagel hatte reißen wollen. Er zitterte sogar immer noch vor völlig berechtigter Empörung.

Doch dann glättete sich Bärbeißers wütend gefurchte

* Das »Thing« ist eine Versammlung aller Wikingerstämme, die nah beieinanderwohnen.

Stirn und sein Gesicht hellte sich auf. Er steckte sein Schwert weg, warf den Kopf in den Nacken und lachte brüllend zum Himmel hinauf. »HAHAHAHAHAHAHA!!!« Dann schlug er seinem Sohn und Erben kräftig, aber liebevoll auf die Schulter. »Das wird WAAAHNSINNIG KOMISCH!!!«, lachte er.

»Ja, ganz IRRE KOMISCH!!!«, stimmte auch Berta die Prallbusige zu, wobei ihr mächtiger Busen vor Belustigung wabbelte. »Sogar noch besser als die Idee mit der Badewanne und der rosa Unterhose!«

Und dann steckten auch die Stämme der Raufbolde und der Sumpfdiebe ihre Schwerter weg, denn ein guter Witz war ihnen allemal lieber als ein blutiger Kampf, und

ihre Wut verflog. Die Tragödie verwandelte sich in null Komma nix in eine Komödie.

Denn mit der Geschichte der Menschen verhält es sich, wie ihr seht, so ungefähr wie mit den Zahnrädchen im Tickdings. Manchmal ereignet sich etwas Unerwartetes, so wie eine Art Schluckauf, dann ist ein HICKS! zu hören … die Rädchen kommen ins Stocken, blockieren sich gegenseitig … und laufen dann plötzlich wieder weiter, aber vielleicht klingt das Ticken nun ein bisschen anders.

»Da hast du es, Irrwürg!«, brüllte Bärbeißer der Gewaltige. »Mein Sohn hat seine Forderung genannt und du musst sie ausführen … Nichts für ungut, he?«

Und Irrwürg der Mörderische schüttelte Bärbeißer und Berta die Hände. Er konnte kaum glauben, wie viel Glück er gehabt hatte. Er hatte sich tatsächlich schon als toter Mann gesehen.

Allerdings konnte man nun wirklich nicht behaupten, dass er über die Forderung besonders glücklich war, schließlich steht man als Wikingerhäuptling nicht gern als hübsche kleine Balletttänzerin im rosa Tutu vor sämtlichen Stämmen des Archipels.

Irrwürgs ganzer Stolz sträubte sich schon bei dem bloßen Gedanken daran.

Aber insgesamt war das doch entschieden besser, als sich bei lebendigem Leibe von den Himmelsdrachen zerhacken und zerpicken zu lassen.

Dann machten sich die beiden Stämme auf den Rückweg zu ihren Schiffen. Die Raufbolde fuhren nach Wattnbengel zurück, die Sumpfdiebe zu den Sumpfdiebinseln.

Die Rückfahrt nach Wattnbengel, die Schiffe beladen mit ihrem gesamten Hab und Gut, war wunderbar. Alle hatten gedacht, dass sie ihre geliebte Insel für immer verloren hatten. Und nun kehrten sie zurück und sahen ihre Insel aus dem leichten Meeresdunst auftauchen, als sähen sie sie zum ersten Mal.

Eine wunderhübsche kleine Insel, festlich beleuchtet vom Mond und einem prächtigen Sternenbaldachin.

Vielleicht regnete es auf Wattnbengel ein bisschen öfters, als man sich wünschen würde. Vielleicht war das Inselchen auch ein bisschen zu windig, ein bisschen zu neblig, ein bisschen zu felsig und ein bisschen zu sehr mit Moos, Flechten und Heidekraut überwuchert. Bestimmt gab es irgendwo Inseln und Länder mit fruchtbarerem Boden, freundlicherem Wetter und blauerem Himmel, irgendwo hinter dem Horizont. Aber Wattnbengel war nun einmal die *Heimat* der Räuberischen Raufbolde und vielleicht ist das alles, was am Ende wirklich zählt.

NACHWORT des Autors, Hicks der Hartnäckige vom Hauenstein der Dritte, letzter der Großen Heldenhaften Wikinger

Das also war die Geschichte, wie ich in die Neue Welt fuhr.

Ich musste viele Tausend Meilen über das Meer fahren, halb verhungert, wurde auf dem Deck des Schiffes von der Sonne fast geröstet, musste gegen Seeungeheuer kämpfen und mir einen Schwertkampf liefern, bei dem mein Leben buchstäblich an einem dünnen Faden hing ... Auf dieser Reise bin ich dem Tod viele Male von der Schippe gesprungen ... bis ich dann, ENDLICH, mit meinen eigenen Augen das Land der Träume zu sehen bekam, diese vage Einbildung, die überhaupt keine Einbildung war ... es gab dieses Land WIRKLICH!

Obwohl die Welt so aussieht, ist sie eigentlich nicht so flach wie ein Pfannkuchen. An ihren Rändern gibt es keinen riesigen Wasserfall. Schon allein deshalb, weil eine Kugel keine Ränder hat. Denn die Welt ist eine Kugel, auf der wir leben und kämpfen und lachen und sterben.

Die Welt ist ein einziger Kreislauf, der kein Ende nimmt.

Ich weiß das, denn ich bin dort im Westen gewesen und habe mit meinen eigenen Augen die weißen Strände und das volle, saftige Grün des Landes gesehen, das sie Amerika nennen … und doch bin ich nicht *ganz* dort gewesen … Ich bin dem Land so nahe gekommen, ich hätte nur noch ein paar Hundert Meter schwimmen müssen, dann hätte ich meinen Fuß in AMERIKANISCHEN SAND gesetzt. Aber das habe ich nicht getan.

Welcher Ruhm wäre es gewesen, welche Ehre, wenn ICH, Hicks, Amerika entdeckt hätte! Wenn ich dort ein neues Reich gegründet hätte! Mein Name hätte für immer in den Geschichtsbüchern weitergelebt. Jedes kleine Schulkind hätte meinen Namen auswendig singen können, hätte im Schlaf vorbeten können: *»Amerika wurde von Hicks dem Hartnäckigen vom Hauenstein dem Dritten entdeckt …«*

Aber als ich dem Letzten und Größten Ziel von Angesicht zu Angesicht gegenüberstand, drehte ich um. Ich fuhr nach Hause zurück. Ich wählte den stillen Weg, zurück in den Schatten der Geschichte, von zukünftigen Generationen für immer vergessen.

Dir, lieber Leser, mag es so vorkommen, als sei mein Abenteuer nicht erfolgreich gewesen.

So weit gereist zu sein … eine so lange, lange Strecke zurückgelegt zu haben … nur um dann in letzter Sekunde, dem Ziel so nahe, dass ich es riechen konnte, *umzukehren* … und somit Amerika dann doch NICHT entdeckt zu haben.

Was für eine Enttäuschung!

Ich sehe das anders. Immer und immer wieder habe ich mich auf das eine oder andere große Abenteuer begeben und dabei geglaubt, dass es nur um eine Sache geht – und dann entdeckt, dass es doch um etwas ganz anderes gegangen war.

Denn auf dieser großen Fahrt nach Westen habe ich zum ersten Mal MICH SELBST ENTDECKT und mein Schicksal.

Wir sind nicht dazu gemacht, eine Neue Welt zu gründen und aufzubauen. Wie kann man eine *Neue* Welt aufbauen, wenn man in seinem Schiff die ganzen Altlasten mit sich schleppt, die ganzen Probleme, die ganzen Ärgernisse und die ganzen Ungleichheiten und Ungerechtigkeiten der *Alten* Welt?

Machen wir uns doch nichts vor: Wenn Norbert die Hohlnuss die Neue Welt beherrscht und es »Das Land der Hohlnüsse« genannt hätte, wäre es kein bisschen besser gewesen als das Barbarische Archipel. Du kannst mir glauben: Es wäre sogar zum schlimmsten Land der Welt geworden, und zwar schneller, als du »Ein Halbirrer mit einer doppelschneidigen Axt« sagen kannst.

Was hat mich diese Reise gelehrt? Dass in unserer Alten Welt vieles nicht in Ordnung war. Deshalb fuhr ich den langen, langen Weg zu den Inneren Inseln mit einer ganz neuen Entschlossenheit zurück. Der Junge, der damals beim Start des Wettschwimmens in das Meer stieg, war ein anderer als der, der drei Monate, fünf Tage und sechs Stunden später wieder aus dem Meer kam. Ich hatte mich in die Gewässer des Großen Westmeers gestürzt und kam als ein anderer Mensch wieder heraus.

Schon immer hatte ich gewusst, dass ich eines Tages den Job meines Vaters übernehmen müsste. Und dass ich nur mit großem Zögern, sogar widerwillig, Häuptling werden würde. Das war etwas, das ich eigentlich nicht tun *wollte,* sondern tun *musste,* glaubte ich damals. Aber jetzt, als ich wieder auf meiner Insel war, spürte ich zum ersten Mal im Leben, dass ich Häuptling werden wollte. Und nicht einfach nur Häuptling, sondern KÖNIG.

Und zum ersten Mal spürte ich, dass ich der wahre Erbe von Grimmbart dem Abscheulichen war … aber ein Erbe, den er sich niemals erträumt hätte.

Ich wollte ein König sein, der eine Neue Welt schuf, aber nicht irgendwann und in einem fernen, geheimnisvollen, nebelverschleierten Land irgendwo jenseits des Westmeers, sondern jetzt und hier zu Hause. Ich wollte das Barbarenarchipel zu einem Ort machen, an dem sich der Mächtige nicht über Recht und Gesetz stellen konnte. Ein Ort, an dem auch die schwächeren Stämme mitreden und beim Thing mitbestimmen durften. Wo kleine Kinder nicht jeden Tag in Todesangst vor Wölfen, wildernden Drachen, Hunger und Krieg aufwachsen mussten. Wo es Gesetze gab, die für fiese Kerle wie Rotznase und sogar für Leute wie Norbert die Hohlnuss galten. Und das Erste, was ich als König tun würde, wäre, die Sklaverei für immer in der gesamten Welt der Wikinger abzuschaffen.

Das Sklavenbrandmal war für mich immer eine große Last gewesen und es machte meine Aufgabe viel, viel schwieriger. Aber Thor hatte recht, als er mir das Sklavenmal gab. Ich versuchte nie, kein einziges Mal, es zu tilgen oder das Versprechen zu vergessen, das ich damals gegeben hatte, weil das Mal blau, unerbittlich und unauslöschlich an meiner Schläfe prangte. Vielleicht sollten alle Könige ein Sklavenmal tragen, um sie ständig daran zu erinnern, dass sie die Diener ihrer Völker waren, nicht anders herum. Und um sie immer daran zu erinnern, wie sie sich als Kinder gefühlt hatten … wie es war, klein und schwach und hilflos zu sein.

Vielleicht wird meine Vision meinen zukünftigen Lesern nicht mehr so revolutionär erscheinen. Aber ihr müsst verstehen, in welch wilder, barbarischer Welt ich aufwuchs. Eine Welt, in der es für einen kleinen, nicht sehr auffälligen rothaarigen Jungen höchst ungewöhnlich war, ernsthaft darüber nachzudenken, wie er die Welt so tiefgreifend verändern könnte.

Damals hatte ich keine Ahnung, was für eine gigantische Aufgabe ich mir vorgenommen hatte, welch ungeheures Unterfangen, das unendlich größer und wichtiger war, als über das Große Westmeer und wieder zurück zu fahren. Wie viel leichter wäre es gewesen, einfach alles so zu akzeptieren, wie es nun mal war, genau wie mein Vater es getan hatte. Angesichts der Ungerechtigkeiten nur mit den Schultern zu zucken und vor allen bösen Dingen die Augen zu verschließen ... Aber das ist nicht meine Art. Meine Geschichte handelt davon, wie man ein Held wird – aber auf die schwere Tour.

Wir sind nicht so viel anders oder besser als Norbert die Hohlnuss. Wir brauchen die Vision einer Neuen Welt, um überhaupt mit unserem Leben weitermachen zu können.

Und auch ich habe nichts anderes getan, als von diesen weißen Stränden der Neuen Welt zu träumen. Mein ganzes Leben lang habe ich gekämpft, eine Neue Welt zu gründen, eine bessere Welt, in der wir in Frieden leben konnten. Ich habe dafür gekämpft, uns gut genug für die Neue Welt zu machen, damit wir eines Tages in das Land zurückkehren können, das ich vor so langer, langer Zeit jenseits des Ozeans gesehen hatte.

Aber wir sind noch nicht bereit. Vielleicht werden wir nie bereit sein. Aber wir sind dem Ziel jedenfalls schon ein bisschen näher gekommen, als wir es damals waren, als ich noch ein Junge war.

Jetzt bin ich ein alter, alter Mann. Die Welt, die ich geschaffen habe, braucht keine Drachen mehr. Sie haben sich aus der Zivilisation, die ich unserem Land brachte, zurückgezogen, zusammen mit den Wölfen, den Berserkern und den vielen Ungeheuern meiner Kindheit.

Wenn ich schlafe, bin ich nicht mehr ein Großer König,

sondern wieder ein Kind. In meinen Träumen schleiche ich mich auf ein Langboot, das sich zu einer Reise über weite Meere aufmacht, zu Ländern, die weit, weit entfernt liegen, und seine Segel ausbreitet wie ein Drache seine Flügel.

Und weiter und weiter segeln wir, unvorstellbar weit. Und wenn es ein guter Traum ist, erblicke ich wieder jene weißen Strände, sehe jene wunderbar grünen Bäume, sehe darüber den blauesten Himmel. Doch wir segeln weiter, immer weiter, *ohne jemals ganz anzukommen …*

Über uns leuchten die Sterne
und es lockt uns ein Land in der Ferne.
Reichtum und Ruhm wird es bringen,
doch wir müssen es erst erklimmen.
Und Thor ist mit uns und bleibt uns treu …
YO-HO, LAND AHOI!

So viele Fragen und nicht genug Antworten ...

Ohne jetzt zu viel Staub aufwirbeln zu wollen, aber wie soll Hicks es bitte schaffen, das Sklavenbrandmal für alle Zeiten zu verbergen? Wenn Rotznase herausfindet, dass Hicks ein Sklavenmal an der Schläfe hat, wird er dafür sorgen, dass Hicks niemals ein HÄUPTLING wird und ein KÖNIG erst recht nicht.

Und warum hat Fischbein eigentlich keine Familie?

Und war das wirklich das Letzte, was wir von diesem irren, wahnsinnigen Erfinder, Norbert der Hohlnuss, zu sehen bekommen haben? Und was ist eigentlich aus Alwin dem Verräter geworden, Hicks' ewigem Erzfeind, den wir zuletzt sahen, als er von einem gigantischen Feuerdrachen verschlungen wurde?

Ich habe das ungute Gefühl, dass Alwin dieses unschöne Erlebnis irgendwie überlebt haben könnte, Thor allein mag wissen, wie ...

... aber du könntest es herausfinden, wenn du den nächsten Band von Hicks' Memoiren nicht verpasst, nämlich:

Drachenzähmen leicht gemacht. Flammendes Drachenherz

Erscheint im Frühjahr 2016

Cressida Cowell

Drachenzähmen leicht gemacht

Drachenzähmen leicht gemacht (1)
978-3-401-60051-2

Wilde Piraten voraus! (2)
978-3-401-60052-9

Strenggeheimes Drachenflüstern (3)
978-3-401-60053-6

Mörderische Drachenflüche (4)
978-3-401-60054-3

Brandgefährliche Feuerspeier (5)
978-3-401-60055-0

Handbuch für echte Helden (6)
978-3-401-60056-7

Arena

Jeder Band:
Ab 10 Jahren • Gebunden
www.arena-verlag.de

Cressida Cowell

Drachenzähmen leicht gemacht

Drachenzähmen leicht gemacht (1)
978-3-401-25035-9

Wilde Piraten voraus! (2)
978-3-401-24015-2

Strenggeheimes Drachenflüstern (3)
978-3-401-24731-1

Mörderische Drachenflüche (4)
978-3-401-24016-9

Arena

Jedes Hörbuch:
2 CDs
Sprecher: Benedikt Weber
www.arena-verlag.de

DreamWorks
Drachenzähmen
leicht gemacht
2
JETZT ALS BLU-RAY, DVD & DIGITAL HD!
DRACHENZÄHMEN LEICHT GEMACHT 2 © 2014 DreamWorks Animation LLC. Alle Rechte vorbehalten. © 2014 Twentieth Century Fox Home Entertainment LLC. Alle Rechte vorbehalten. TWENTIETH CENTURY FOX, FOX und ihre Logos sind Eigentum der Twentieth Century Fox Film Corporation und werden mit deren Erlaubnis genutzt.
DreamWorks